1cm

일 센티! 첫 번째 이야기

2014년 03월 03일 초판 01쇄 발행
2016년 06월 15일 초판 72쇄 발행

—

글   김은주
그림   김재연

—

발행인   이규상
단행본사업부장   임현숙
편집장   김연주
책임편집   김연주
편집팀   이소영 윤채선 박혜정
디자인팀   장미혜
상품기획팀   이경태 사공정민 고은미
마케팅팀   이인국 최희진 전연교 김새누리

—

펴낸곳   (주)백도씨
         출판등록 제300-2012-170호(2007년 6월 22일)
         주소   03043 서울시 종로구 자하문로58 강락빌딩 2층(창성동 158-5)
         전화   02 3443 0311(편집) 02 3012 0117(마케팅)
         팩스   02 3012 3010
         이메일   book@100doci.com(편집·원고 투고) valva@100doci.com(유통·사업 제휴)
         블로그   http://blog.naver.com/h_bird   나무수 블로그 http://blog.naver.com/100doci
         페이스북·인스타그램 100doci

—

ISBN 978-89-6833-021-6 03810
ⓒ 김은주·김재연, 2014, Printed in Korea

일 센티 첫 번째 이야기

1cm.

우리 인생에 더하고 싶은 **1cm** 의 ☐ 를 찾아서

글·김은주 그림·김재연

허밍버드
Hummingbird

당신에게 1cm 더 가까이
_ 김은주

독자님들 반갑습니다!
《1cm》에 보내주셨던 많은 사랑 덕분에 이렇게 재출간으로 다시 인사드릴 수 있어 기쁩니다.
오랜 시간 잊지 않고 재출간을 기다려주신 독자분들, 그리고 이번에 처음으로 만나게 된 독자
분들 모두에게 깊은 감사를 드립니다.

이 책은 두 가지 생각으로부터 출발했습니다.
첫 번째는 '백지 위에 어떤 것을 해도 된다. 단, 그것이 재미있는 것이어야 한다'는 생각.
그래서 이 책 곳곳에 페이지를 접고, 그림을 그리고, 뒤집어 보는 재미를 숨겨두었습니다. 영화
관이나 놀이공원이 줄 수 없는, 책이기에 가능한 상상력의 경험입니다.
두 번째는 '인생이 긴 자라면 우리에게 1cm만큼의 무엇이 더 필요할까?'라는 의문.
그 1cm는 책을 읽는 사람에 따라 웃음이 될 수도, 여유가 될 수도, 사랑이 될 수도, 혹은 다른
어떤 것이 될 수도 있을 것입니다.
이 책《1cm 첫번째 이야기》에서,《1cm⁺(일 센티 플러스)》와는 또 다른 당신만의 1cm를, 그리
고 위트와 공감을 발견하시기를 바라겠습니다. :)

당신에게 1cm 더 가까이
_김재연

독자님들! 다시 만나게 되어 무척 기쁘고 반갑습니다.
오랫동안 기다려주신 독자분들께 보답하고 싶어 이번 기회에 몇몇 그림을 수정했습니다. 재출간을 기다려 주신 독자분들께는 작지만 새로운 발견의 기쁨을, 처음 이 책을 접하신 독자분들께는 좀 더 완성도 높은 그림을 전할 수 있게 되어 영광입니다.

책 속 그림들은 다음과 같은 기준으로 작업했습니다.
*단순한 삽화가 아닌 '하나의 독립적 메시지를 전하는 그림'
*일회성 등장인물이 아닌 '생명력 있는 캐릭터'
*장식적 그림이 아닌 '보는 사람과의 의사소통에 메신저 역할을 하는 그림'
*그린 사람의 재미가 아닌 '보는 사람의 재미를 위한 그림'
*세상을 살아가는 데 필요한 1cm의 여유와 새로운 즐거움을 주는 그림

《1cm 첫번째 이야기》를 보고 읽는 모든 분들의 입가에 공감의 미소가 번지기를 바랍니다.

1cm 일 센티 첫 번째 이야기 를 위한
조금 지나치게 친절한 1page의 가이드

하나.

이 책을 읽는 당신은 122가지 이야기를 통해 심장박동이 안정되고, 엔도르핀이 분비되는 효과를 기대할 수 있습니다.

둘.

책을 읽는 동안 간혹 펜을 들어 그림을 그려야 할 수도, 읽던 페이지를 접어야 할 수도, 다른 페이지로 건너뛰어야 할 수도 있습니다. 이 책 안에는 당신을 위한 흥미로운 장치들이 숨어있습니다.

셋.

이 책에는 주연 및 조연급 캐릭터들이 등장해 또 하나의 작은 이야기를 만들어갑니다. 그들 캐릭터가 주는 재미 또한 놓치지 마세요.

넷.

영화 티켓이 당신에게 두 시간 동안의 즐거움을 주고, 놀이공원 티켓이 반나절 동안의 흥분을 준다면, 《1cm 첫 번째 이야기》는 두고두고 기억에 남을 재미와 공감을 선물할 것입니다.

CONTENTS.

 TO THINK + 고정관념을 1cm 바꾸면 새로운 세상이 보인다

 TO LOVE + 얼굴이 1cm 가까워지면 그다음 오는 것은 키스

TO OPEN + 사람을 1cm 더 깊이 들여다보기

TO KNOW HER + 여자는 1cm 더 높은 하이힐을 꿈꾼다

TO RELAX + 당신의 일상에 숨 쉴 틈 1cm

TO GROW + 당신은 매일 1cm씩 자라고 있다

1cm

TO THINK

고정관념을 1cm 바꾸면
새로운 세상이 보인다

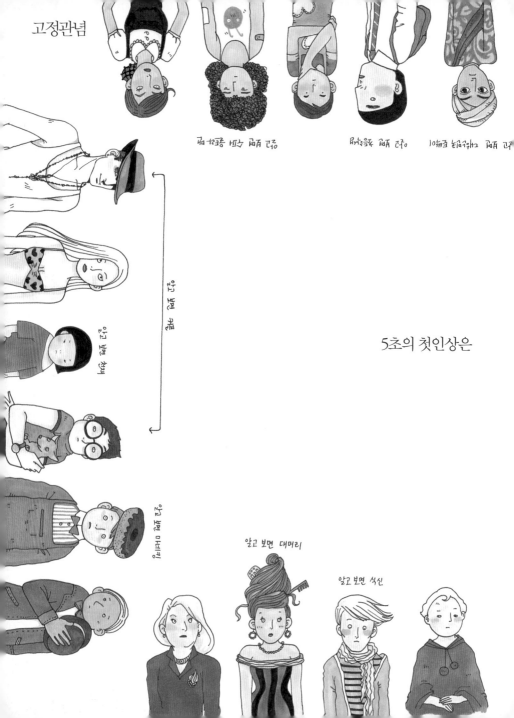

고정관념이다.

알고 보면 동대문표 의상

알고 보면 코스프레

타조알 속에

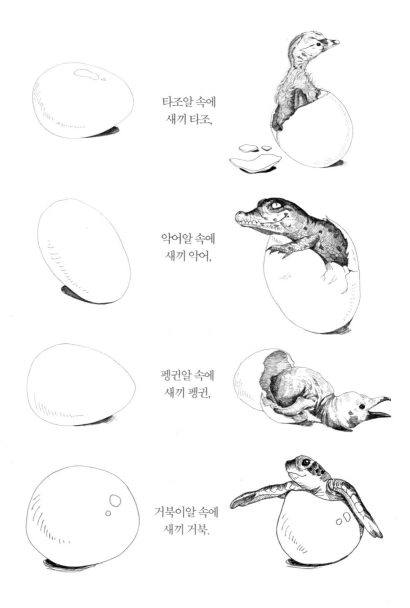

타조알 속에
새끼 타조,

악어알 속에
새끼 악어,

펭귄알 속에
새끼 펭귄,

거북이알 속에
새끼 거북.

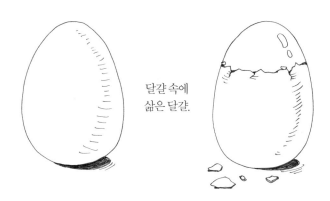

달걀 속에
삶은 달걀.

인생이 흥미로운 것은,
감당할 수 있는 의외의 사건이
우리를 기다리고 있기 때문이다.

말로만 50년, 준비만 100년

따땀 흘려도
보송보송한
고어텍스
운동복

수영 선수가
쓴다는 타월
땀 흡수도 잘 되고
잘 마른단다

미네랄 워터~

혹시 모르니까...
요가매트

손잡이가
풍선쿠션~
브랜드 아령

T였도 안면 너무나도 예쁜 OOO의 리미티드 에디션! 런닝화~

귀여운 ?? 남자 직원이 배까지 넣여줘서 안 살수 없게 만든 Gym Ball

12개월 할부로 산 런닝머신·음... 엄마가 당분간 운동 시작하기 전까지만 빨래는 너신댔다. 뭐... 일자이로 아닌가그...

나의 '이쁜 운동화'에 어울리는 양말

집에 이미 두개나 있지만 이건 내가 뛴 숫자까지 나오는 디지털 줄넘기

50

내 근육 는는 운동이론가? 아침참 !!! 무픞 보호대! 보호대 사고 운동 시작해야겠다 ㅋㅋ

"100퍼센트 준비되기를 기다리겠다"는 말은
"영원히 시작하지 않겠다"는 말이다.

Old&New

전동 칫솔이 나와도
칫솔은 버려지지 않았다.

자동 우산이 나와도
우산은 버려지지 않았다.

TV가 나와도
라디오와 영화는 사라지지 않았으며,

새로운 노래가 나와도
옛 노래는 끊임없이 연주되고 있다.

새로운 것은 환영받지만,
익숙한 것은 사랑받는다.

MONSTER

원숭이 엉덩이와 사과는 왜 같은 색일까

1

2

3

4

5

6

아이의 분홍 볼—고양이의 분홍 삼각 코,
제임스의 푸른 눈동자—바다,
그림자—먹구름,
사막—낙타와 라마(lama),
피아노 건반—얼룩소,
붉은 장미꽃—저녁노을,
반짝이는 진주조개—반짝이는 별.

신은 세상을 그릴 때
같은 물감을 여러 곳에 사용하셨다.

슬픈 영화의 장점

슬픈 영화도
팝콘과 콜라와 함께 감상할 수 있는 것은,
영화에서의 슬픔과 절망은 실상
에필로그의 해피 엔딩을 돋보이게 하기 위한 장치라는 것을
알고 있기 때문이다.

비극적 결말조차
현실에서는 영화가 끝남과 동시에
아무런 효력을 발휘하지 못한다.

다치지 않고 아픔을 경험하는 것이
슬픈 영화의 장점이다.

고통 없이 맛보는 열매

고통 없이 맛볼 수 있는 열매가
세상에 있다.

그것은
루트비히 반 베토벤의 교향곡,
알랭 드 보통의 《불안》,
르네 마그리트의 〈순례자〉,
오귀스트 로댕의 〈지옥의 문〉이다.

우리는
창조의 고통으로 맺어진 그 열매를,
약간의 대가를 지불하고선
고통 없이 맛본다.

천재들에게 감사한다.

EINSTEIN

MONSTER

씨앗

2009년 6월 25일, 팝의 황제 마이클잭슨 타계.
2011년 10월 5일, IT 거장 스티브잡스 타계.
2012년 8월 25일, 달에 첫발을 내디딘 닐 암스트롱 타계.
2013년 9월 25일, 영원한 청년 작가 최인호 타계.
2013년 10월 27일, 록의 전설 루 리드 타계.
2013년 12월 5일, 세계 평화의 상징 넬슨 만델라 타계.

2009년 6월 25일, 김지현·박찬수 씨의 아들 박효헌 탄생.
2011년 10월 5일, 럴마·스티브 씨의 딸 쉐를린 탄생.
2012년 8월 25일, 송지윤·이준호 씨의 아들 이진석 탄생.
2013년 9월 25일, 로즈 번·에반 엘링슨 씨의 딸 멀세이디스 탄생.
2013년 10월 27일, 린당 팜·타잉 훙 씨의 딸 란아잉 탄생.
2013년 12월 5일, 김은하·고지훈 씨의 아들 고태진 탄생.

세상은
영웅을 잃은 자리에
잊지 않고 희망을 심어둔다.

지구를 위한 근시 안경

"지구, 여섯 번째 멸종 진행 중"*,
폭발하는 인구,
국제 유가 폭등,
멸종동물의 증가,
브라질 아마존 숲의 파괴,
세계적 빈익빈 부익부 추세.

우리는 심각한 문제를 안고 있다.
그러나 우리—너무도 평온한—의 눈을 가리고 있는 것은,

내일까지 제출해야 하는 보고서,
오늘 점심으로 무엇을 먹을까 하는 고민,
사흘째 연락 없는 소개팅녀,
우리 집 강아지 찰스의 피부병,
나보다 많은 직장 동료의 월급,
· 한 치수 큰 옷을 바꿀까 말까 하는 문제.

우리 모두는,
멀리 있지만 보다 심각한 문제를 보기 위해
근시 안경을 처방받아야 할지도 모른다.

*유엔환경계획(UNEP) 보고서

당신도 혹시
피부병?

열매가
그 나무를 말한다.

전부를 이야기하는 것은
항상
작은 것이다.

세상을 +와 −로 나누면

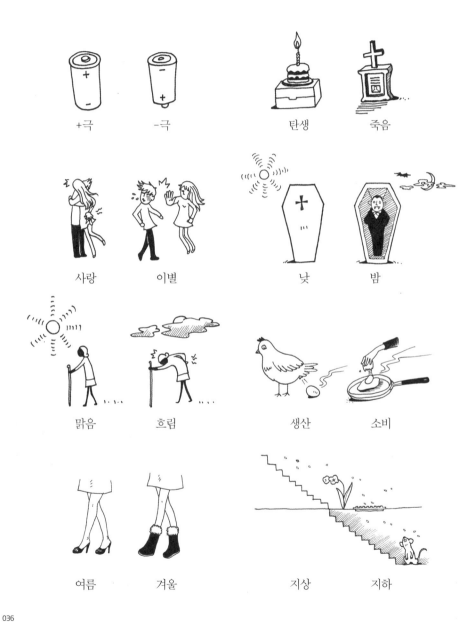

+극   −극   탄생   죽음

사랑   이별   낮   밤

맑음   흐림   생산   소비

여름   겨울   지상   지하

+의 반대편엔 -가
-의 반대편엔 +가 있다.

세상의 균형은
그렇게 맞추어진다.

모르는 계약

아이들을 무지하게 싫어하는 내 친구가
선생님이 되었다.

때가 되면 사람은 죽어야 한다던 내 친구가
의사가 되었다.

새가슴 중의 새가슴인 내 친구가
경찰이 되었다.

조미료를 맹신하던 내 친구가
요리사가 되었다.

네 것도 내 것이라던 내 친구가
정치인이 되었다.

그리고 나는,
축하해주었다.

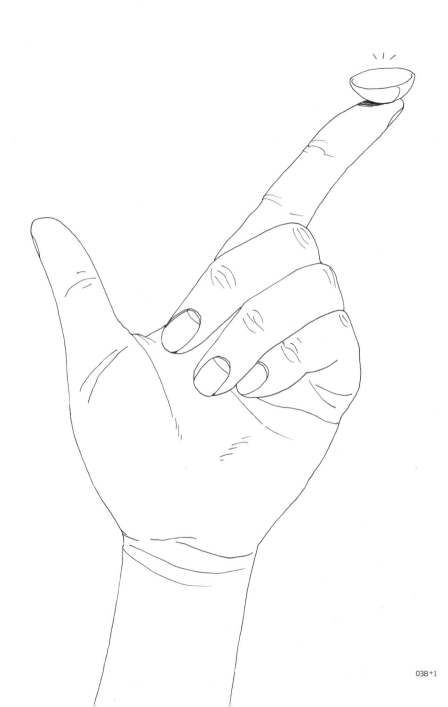

038+1

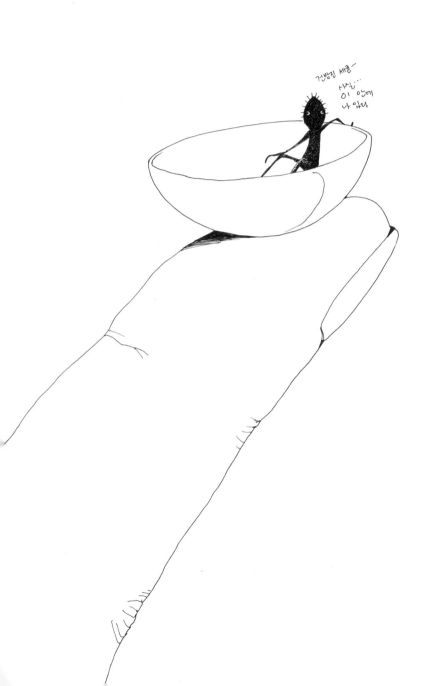

생각해보면 우리는
우리도 모르게
그런 선생님에게 배우고,
그런 의사에게 치료받고,
그런 경찰을 믿고,
그런 요리사의 음식을 먹으며,
그런 정치인에게 세금을 낸다.

그래도
용케 세상은 돌아간다.

혹은,
그래서
세상이 이 모양인 걸까?

인생은 '서프라이즈' 1

?

불행은 항상 서프라이즈다.

*안심하세요, 박제 공룡이니까요. :)

힘이 센 거짓

사람들은
재미없는 진실보다
위트 있는 거짓에
더 높은 점수를 준다.

두서없는 진실보다
논리적인 거짓에
고개를 끄덕이고,

침묵하는 진실보다
소리치는 거짓에
더 깊이 귀 기울인다.

그것이,
아주 당연한 진실이 때로는
아주 당연하게 거짓에 지고 마는 이유다.

두 가지 지구

인터넷 쇼핑몰은 지금도 업데이트되고 있다.
연예인들의 머리는 길었다 짧았다 하며,
코는 높아졌다 낮아졌다 한다.
일기예보는 맞았다 틀렸다를 반복하고,
07학번이 배우던 자리에 13학번, 14학번이 앉아있다.
유행은 복고였다가 퓨처리즘(futurism)이었다가, 또다시 복고로 들어섰다.

그렇게 계절은 가고
세상은 변한다.

피카소는 그때도 천재, 지금도 천재다.
태양은 같은 자리에서 빛나고 지구는 같은 자리를 공전한다.
사랑은 다른 버전으로 항상 되풀이되어 이야기된다.
정의는 이기고, 유머는 언제나 사랑받는다.
전래 동화와 진리는 잊히지 않고 어른으로부터 아이로 이어진다.

계절이 가도
결국 변하지 않는 것이 세상이다.

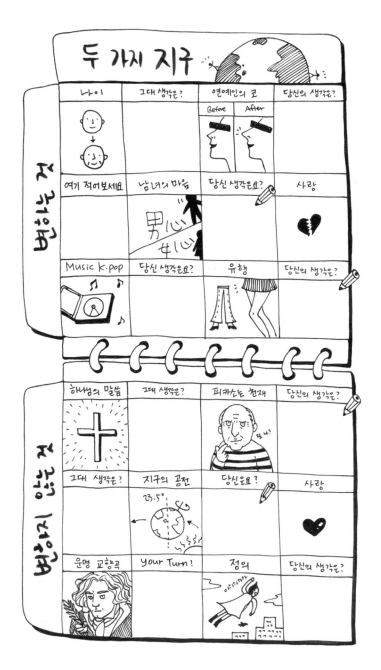

책을 읽기 전,
베스트셀러는
베스트셀러다.

플롯은 흥미진진할 것이며,
캐릭터는 매력이 넘칠 것이며,
문장은 쉽고도 공감이 갈 것이다.
넘어가는 한 페이지 한 페이지가
케이크를 먹어 치우는 것처럼 맛있고
또 아까울 것이다.

그러나 몇몇 책은
읽기 시작했을 때 그 예상을 깨버린다.

읽어도 읽히지 않는 책.
캐릭터는 진부하고,
문장은 난해하거나 너무 가볍고,
공감은 별나라에서나 가능할 것 같은 책.
책은 의도하지 않았겠지만
나는 또 한 번 속았다.

아이러니하게도, 몇몇 베스트셀러는
읽히지 않았을 때 더 많은 이야기를 한다.

모든 베스트셀러가
모두에게 베스트셀러는 아니다.

읽히지 않는 베스트셀러 2

책을 읽기 전,
베스트셀러는
베스트셀러다.

플롯은 흥미진진할 것이며,
캐릭터는 매력이 넘칠 것이며,
문장은 쉽고도 공감이 갈 것이다.
넘어가는 한 페이지 한 페이지가
케이크를 먹어 치우는 것처럼 맛있고
또 아까울 것이다.

그러나 몇몇 책은
읽기 시작했을 때 그 예상을 깨버린다.

사람도 마찬가지다.
그를 알기 전, 그는
너무나 매력적이고, 사랑스럽고, 흥미진진하다.

그러나 누군가를 알면 알수록
동화 속 왕자는 동화책에나 나온다는 것을
깨닫게 되는 경우가 있다.

몇몇 책은
읽지 않는 편이 낫다.
몇몇 사람은
환상 속에 묶어두는 편이 나은 것처럼.

문제는,
읽지 않는 편이 나은지 아닌지는
읽어본 연후에야
비로소 알게 된다는 것이다.

그리고
진부함이라는 위험을 감수할 것인가,
혹은 환상을 간직한 채
책꽂이에 그대로 꽂아둘 것인가 하는 것은
늘 각자의 몫이다.

피아노와 멜로디언을 비교하면 멜로디언이 슬퍼진다.
궁전과 오두막을 비교하면 오두막이 슬퍼진다.
코스 요리와 떡볶이를, 드레스와 티셔츠를 비교하는 순간
한쪽은 의미를 잃게 된다.

멜로디언에는 멜로디언만의 음색이,
오두막에는 오두막만이 줄 수 있는 추억이,
떡볶이에는 떡볶이만의 맛이 있다.

비교하는 순간
세상은 슬퍼지고,
그것만큼 바보 같은 슬픔은 없다.

세상이 줄 수 있는
더 큰 기쁨은, 파랑새는,
궁전보다 오두막에 숨어있을지도 모르니까.

VS

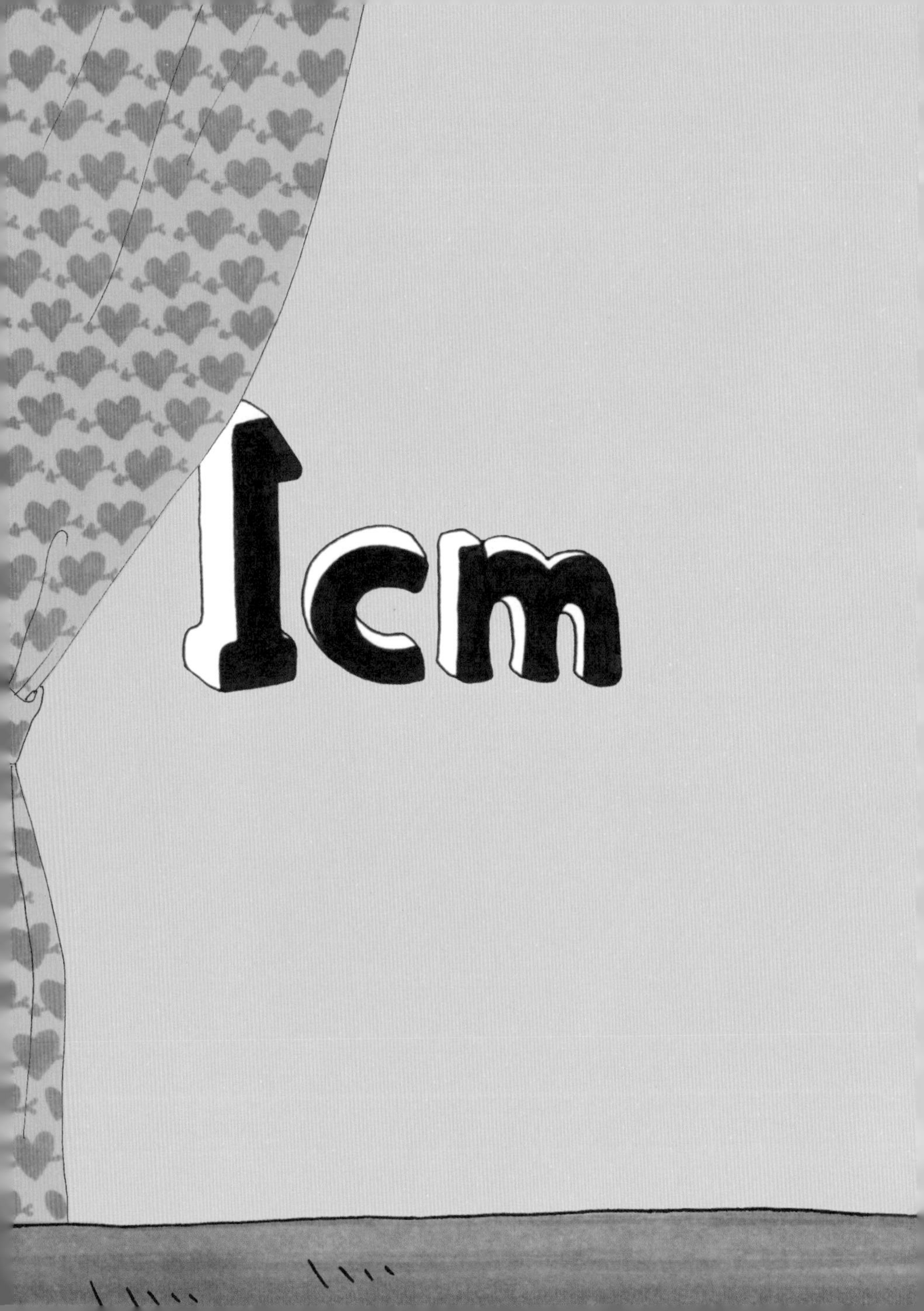
1cm

TO LOVE

얼굴이 1cm 가까워지면
그다음 오는 것은 키스

비 올 때 곁을 지켜준 남자라면
무지개를 같이 볼 자격이 있는 남자다.

우리가 지나간 사랑으로부터
배우는 것들

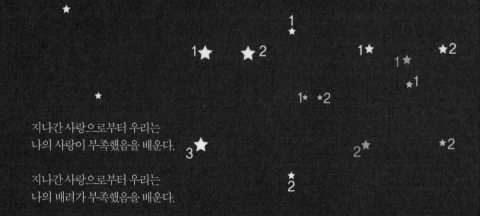

지나간 사랑으로부터 우리는
나의 사랑이 부족했음을 배운다.

지나간 사랑으로부터 우리는
나의 배려가 부족했음을 배운다.

지나간 사랑으로부터
나의 웃음이 부족했음을
나의 설렘이 부족했음을
나의 관심이 부족했음을
배운다.

1
★

1★   ★2

1★ ★2

4★   ★3

★
2

그리고
지나간 사랑을 통해 배운 것들은
새로운 사랑을 통해 실현된다.

더 많이 사랑하게 되고
더 많이 배려하게 되고
더 많이 설레게 되고
더 많이 웃게 되고
더 많이 그리워하게 된다.

지나간 사랑은 새로운 사랑을 위한
연습이고
지나간 사랑은 새로운 사랑의
스승이다.

그리고
사랑에도 어김없이
'청출어람'이라는 단어는 들어맞는다.

질투로 사랑을 확인하지 말라.
밀고 당기기로 사랑을 확인하지 말라.
그 사람의 부재로,
괜한 말다툼으로,
다른 사람의 입을 통하여,
사랑을 확인하지 말라.

다만
으로
을 확인하라.

사랑이 노래되는 이유

〈로미오와 줄리엣〉,

〈바람과 함께 사라지다〉,

〈사랑과 영혼〉,

〈러브 스토리〉,

그리고 〈벌써 일 년〉.

사랑이 몇백 년 동안

시가 되고

영화가 되고

노래가 되고

이야기될 수 있었던 이유는

사랑이 아름답기 때문이 아니라

이별이 가슴 아프기 때문이다.

귤 까는 습관

때론
혈액형보다 귤 까는 습관이

그에 대해
더 많은 것을 말해준다.

첫눈에 반하다

남자와 여자가 서로를 알아보는 데에는

책 한 페이지 넘기는 시간이면 충분하다.

사람이……

사람이 쿠션이 될 수도 있고
사람이 동화책이 될 수도 있고,

사람이 눈물 닦아주는 티슈가 될 수도 있고
눈물 흘리게 하는 양파가 될 수도 있고,

사람이 조용한 음악이 될 수도 있고
때론 켜두거나 꺼두고 싶은 휴대폰이 될 수도 있고,

사람이 몸에 딱 맞는 오래된 티셔츠가 될 수도 있고
편안한 청바지가 될 수도 있고,

사람이 감기 낫게 하는 약이 될 수도 있고
감기 걸리게 하는 찬바람이 될 수도 있고,

자꾸만 들춰 보고 싶은 누군가의 다이어리 혹은
자꾸만 쳐다보게 되는 아끼는 피규어가 될 수도 있고,

사람이……
…
‥
.

사랑하는 사람은
다용도다.

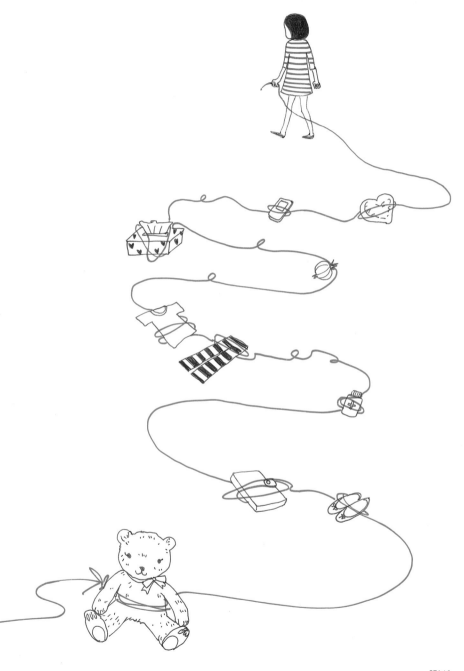

074+1

공통점

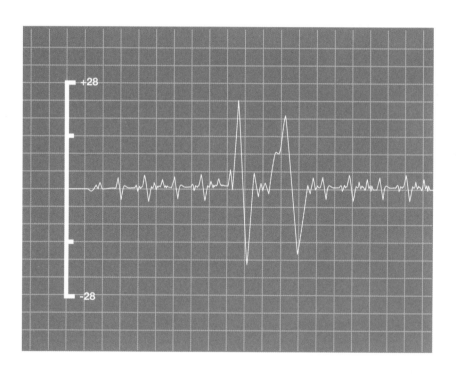

공포 영화와 사랑의 공통점은

심장을 뛰게 한다는 데 있다.

천생연분

달걀 노른자를 좋아하는 남자와
달걀 흰자를 좋아하는 여자가 만나는 것.

노래 부르기 좋아하는 남자와
노래 듣는 것을 좋아하는 여자가 만나는 것.

김치찌개밖에 못 끓이는 여자와
김치찌개 없인 밥 못 먹는 남자가 만나는 것.

늦잠 자는 것을 좋아하는 여자와
팔베개해 주기 좋아하는 남자가 만나는 것.

눈물이 많은 여자와
가슴이 따뜻한 남자가 만나는 것.

천생연분—

점선을 따라

접어보세요

접힌 자국은
쉽게 사라지지 않는다.

사랑했던 흔적은
말할 필요도 없다.

몰라도 되는 법

살면서 우리는 하나씩 배우게 된다.

먹기 싫은 콩을 태연하게 먹는 법,
왼손잡이로 태어나 오른손으로 연필 잡는 법,
영어로 하는 누군가의 대화를 알아듣는 척하는 법,
책에서 읽은 내용을 내 생각처럼 이야기하는 법,
원래부터 쌍꺼풀이 있다고 믿어버리는 법,
늦잠 잔 날 아침에 감기 걸린 목소리 내는 법,
……
…
..
.

그리고
마음은 '가지 마'라고 이야기하는데
웃으며 "안녕"이라고 이야기하는 법.

증상

그의 단점에 끊임없이 변명을 달아주고 있다면,
그의 장점이 세계 유일의 장점이라 생각하고 있다면,

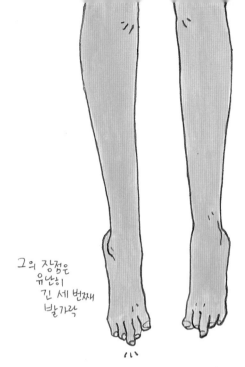

그의 장점은
유난히
긴 세 번째
발가락

축하합니다.
사랑에 빠지셨군요!

위대한 발견

뉴턴이 떨어지는 사과를 보고 만유인력의 법칙을 발견한 날
제인은 플리 마켓에서 환상적인 빈티지 원피스를 발견했다.

원피스를 입은 아름다운 제인에게 한 남자가 고백했고
그들은 사랑에 빠졌다.

뉴턴은 위대한 발견을 했고,
그녀 또한 그러했다.

사랑의 적

사랑의 적은

먼저 잡은 약속,
바래다주기엔 너무 먼 거리,
만나기엔 너무 추운 날씨,
전화하기엔 너무 늦어진 회의…….

아니다.

사랑의 적은
사랑하지 않는 마음이다.

편견

세상에는 몇 가지 편견이 있다.

첫사랑은 이루어지지 않는다는 편견,

코미디언은 집에서도 웃길 것이라는 편견,

철수와 영희는 할아버지 할머니가 아닐 것이라는 편견,

쇼핑이 미적분보다 쉬우리라는 편견,

내일의 일기예보도 틀릴 것이라는 편견.

그리고
사랑은 이별보다 쉬울 것이라는 편견.

철수

영희

바둑이

이유

스킨십을 좋아하지 않는 것이 아니라
그를 좋아하지 않는 것일 수 있다.

애교가 없는 것이 아니라
그에 대한 마음이 없는 것일 수 있다.

그와의 기념일을 자꾸 잊어버리는 것은,
나의 건망증 탓이 아니라
그가 마음에 남지 않기 때문일 수 있다.

가슴에 손을 얹고 물으면
가슴은 답을 해줄 것이다.

나에 대하여, 혹은
그를 사랑하지 않는 나에 대하여.

두 번째는 괜찮다

두 번째는 괜찮다.
두 번째의 거짓말은 괜찮다.
보다 능숙하게, 티 내지 않고 속일 수 있다.

두 번째는 괜찮다.
두 번째의 발표는 괜찮다.
보다 덜 떨고, 보다 침착하게 말할 수 있다.

두 번째는 괜찮다.
두 번째의 주사는 괜찮다.
보다 덜 긴장하고, 보다 담담하게 견딜 수 있다.

하지만
두 번째에도 괜찮지 않은 것은,
익숙해지지 않는 것은,
이별.

두 번째라고 덜 아프거나
불면증에 덜 시달리거나
식욕부진이 덜한 것은 아니다.

두 번째에도 고스란히
두근거림만큼 아파야 하고
좋은 추억만큼 아파야 하고
사랑했던 시간의 몇 배를 아파해야 한다.

그리고 그것은
세 번째에도 네 번째에도
마찬가지일 것이다.

이별은
언제나 괜찮지 않다.

사랑을 하고 있는 사람은

뒷모습도 행복하다.

눈밭

이별은 눈밭 위를 걷는 것과 같다.

무심코 뒤를 돌아보았을 때
눈은 내리고 있고,

길은 이미 지워졌다.

시간의 뺄셈

추억에서 감정을 빼면

기억이된다.

다음 (   ) 안에 알맞은 단어를 넣으시오

"(   )아, 나는 너밖에 없어.
영원히 사랑해."

(   ) 속 이름은 매번 바뀐다.

사랑이 영원하냐고 묻는다면,
사랑은 영원하나
그것이 꼭 한 사람을 향한 것은 아니라고
답해야 할 것이다.

그러나 그렇다고 해서
화낼 필요도 우려할 필요도 없다.

아팠다가 안 아픈 것처럼,
초코 케이크를 좋아했다가 입에도 대지 않는 것처럼,
사람이 변하고 또 사랑이 변하는 것은
나이를 먹는 것처럼 자연스러운 것이니까.

변하지 않는 사랑만을 원한다면
그것은 구속이며,
변하든 변하지 않든,
길든 짧든,
사랑은 그때 그 자체로 아름답다.

사랑에 가장 잘 어울리는 단어는
'현재'다.

사랑이 다하면 의무도 끝나게 된다

전화와 문자메시지에 일일이 답할 의무,
부재중 전화를 신경 써야 할 의무,
생일 케이크 위 촛불을 붙여줄 의무,
생일 카드에 쓸 말을 고민할 의무,
햇볕 좋은 날 보고 싶어 할 의무,
비 오는 날 우산을 챙겼는지 걱정할 의무,
어울리지 않는 머리를 어울린다고 말할 의무,
코 고는 소리를 자장가로 들어야 할 의무,
그 혹은 그녀가 골라놓은 콩을 먹어야 할 의무,
그의 장점을 세계 유일의 장점이라 생각할 의무,
단점을 못 본 척할 의무,
함께 웃을 의무, 눈물 흘릴 의무,
무조건 같은 편이 되어야 할 의무,

그리고……

의무를 이행했던 순간들을
행복한 추억으로 기억해야 할 의무.

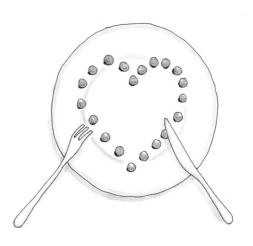

사랑하는 마음이 체조 선수라면

사랑을 하면서 마음의 균형을 잡을 수 있다는 말은
거짓말이다.
사랑하는 이의 한마디에 마음은 100미터 아래로 꺼졌다가
또 다른 한마디에 제멋대로 위로 솟았다가
마음은 롤러코스터를 탄다.

사랑하는 마음이 체조 선수라면

어쩔 수 없이 칼퇴근

그는 영원히 평균대 위에서 우승할 수 없을 것이다.

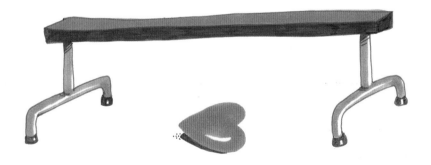

인간은 나르시시스트

단체 사진은
사람들을 배경으로 한 독사진이다.

누구나 가장 먼저 찾아보는 것은
자신의 얼굴이다.

단, 사랑에 빠진 사람이 가장 먼저 찾아보는 것은
그 혹은 그녀의 얼굴이다.

예상치 못한 상대에게서
예상치 못한 매력을 발견할 수도 있는 법.

이별에 대하여 차렷, 경례!

"처음에는 슬플 것이다.
나중에는 슬펐던 사실마저 기억해내지 못할 것이다."

하나. 이별에는 개인차가 있다.
사랑에는 서툴러도 이별에 능숙한 사람이 있을 수 있고
사랑은 잘하지만 이별에는 영 숙맥인 사람이 있을 것이다.
문제는, 자신이 어느 쪽에 속하는지는
그것을 경험하지 않고선 알지 못한다는 것이다.
그리고 지난번 이별에서는 능숙했던 사람이
이번 이별에서는 서툴 수도 있다.

둘. 사람들은 가끔 사랑하면서도 이별을 꿈꾼다.
그것은, '일탈'에 대한 동경일 것이다.
쉽게 시도하지 못하는 것에 대한 동경,
상상 속에서만 이루어지는 것에 대한 동경.
이별은 사랑의 일탈이다.
누구나 일상 속에서 일탈을 꿈꾸듯이,
사랑을 하면서 이별을 꿈꾸는 것은
어떻게 보면 아주 당연한 현상일지 모른다.
그리고 우리는 코믹 영화보다 슬픈 영화에
자기 자신을 대입하는 습관이 있다.
정상인에게도 마조히즘적인 경향과 사디즘적인 경향이 있다면
마조히즘적인 경향이 나타나는 때는 바로
아직 오지 않은 이별에 자신을 대입하고 있는 때일 것이다.

셋. 이별의 징후.
그것은 이별의 징후일 수도 있고
아닐 수도 있다.
그리고 아닌 것도 다시, 이별의 징후가 될 수 있다.

먼저, 이별의 징후가 정말 이별의 징후라면
이별하면 된다.
여기서는 앞에서 말한 개인차가 적용되긴 하지만 말이다.
사랑을 길게 한다고 해서 이별이 길어지는 것은 아니다.

그 반대도 마찬가지다.
그것은 기간보다는 그 사람의 성향과 어느 정도 닿아있다.
어찌 됐든 이별의 징후가 이별의 징후일 경우
답은 훨씬 간단하다.
상대방은 이미 입장 정리가 되었으므로
나의 입장 정리는, 그래, 이별이다.

그러나 이별의 징후가 이별의 징후가 아닐 경우,
단순히 한 사람의 판타지 안에 있는 것일 경우,
(예를 들면 '이 사람은 더 이상 나를 사랑하지 않아' 같은 착가)
그때는 그 판타지 자체가 상대방을 상처 입힐 수 있다.
상대방의 사랑이 그 판타지보다 설득력 있지 못하다면
(사랑에서 설득력 운운하는 것이 웃기지만)
그 사람은 그 판타지 속에서 살 수밖에 없다.
그리고 아이러니하게도
그 판타지는 상대방에게, 다시 자기 자신에게
이별의 징후가 된다.

넷. 사랑은 기간이 다르다.
사랑은 서로 크기가 다르다.
클라이맥스의 시점도 다르다.
같이 하는 사랑이지만
그렇게 다르기에,
그 차이가 아픔이 된다.
아픔이 이별을 부른다.
오늘은 내가 그 아픔을 주었지만
내일은 내가 그 아픔을 받을지 모른다.
그것은 자업자득과는 다르다.

다섯. 지금도 많은 사람이 이별을 꿈꾼다.
슬픈 영화에 자기 자신을 대입한다.
그것은 단순한 해프닝으로 끝날 수도,
진정한 이별을 예고할 수도 있다.
그러나 어떻게 보면
이별도 사랑에 속해있는 것이다.
사랑을 기승전결로 나누어본다면
이런 구조일 것이다.
기 - 사랑,
승 - 사랑,
전 - 사랑,
결 - 이별.

여섯. 사랑한 만큼, 이별에도 책임을 져야 한다.
상대방이 '잘' 이별할 수 있도록 배려해주어야 한다.
그렇지 않으면 미련 같은 사족이 발생할 수 있다.
두고두고 볼 앨범에 지나간 사랑을 저장할 것인가,
태우고 싶은 일기장에 지나간 사랑을 저장할 것인가의 판단은
'사랑'을 어떻게 했느냐가 아닌
'이별'을 어떻게 했느냐에 달려있는 경우가 많다.

일곱. 잘만 한다면 이별은 생각보다 나쁘지 않은 것일 수도 있다.
눈물을 흘리고 나면 기분은 나아진다.
그리고 가을에 어울리는 트렌치코트처럼
가끔 우울해지고 싶은 기분에 훌륭하게 어울리는
추억이 될 수도 있다.

이별은, 사랑을 다룬 소설에서는
어김없이 다루어지는 주제다.
이별은 사랑의 다른 얼굴이다.
영원히 한쪽 얼굴만 보여 주는 이집트 벽화와 달리
사랑은 가끔 반대쪽 얼굴을 비추기도 한다.
그리고
그것이 사랑을 견고하게도, 혹은
그냥 그대로 이별을 부르기도 한다.

여덟. 사랑이 고개를 돌리자 이별이 보인다.
아니, 이별이 얼굴을 드러내자 사랑이 보이지 않는 것일 수도 있다.
그것은 이별의 징후일까 혹은 판타지일까?
답은, 언젠가는 알 수 있을 것이다.

아홉. 이별에 대하여 차렷, 경례!
그것이 끝나는 수업인지, 시작하는 수업인지

열. 답은 곧 알 수 있을 것이다.

어떤 남자 이야기

세상 사람들이 태어난 이유는
자신의 생일을 축하하기 위해서라고 믿는 남자가 있었다.

120+1

세상의 모든 거울은
자신을 비추기 위해,
새들은 자신을 노래하기 위해
존재한다고 믿었다.

122+1

하늘과 바다가 파란 이유가
자신이 파란색을 가장 좋아하기 때문이고,
낮과 밤이 바뀌는 이유는,
달의 모양이 변하는 이유는,
자신을 지루하게 하지 않기 위해서라 여겼다.

그러나
그는 행복하지 않았다.

어느 날 그는 한 소녀를 만났고
이상한 일이 일어났다.

그는 이제

꽃은 그녀에게 화관을 만들어주기 위해 피어나고,
별은 밤에도 그녀를 비추기 위해 떠오르고,

바다와 하늘이 파란 이유는
그녀에게 파란색이 가장 잘 어울리기 때문이라
생각하기 시작했다.

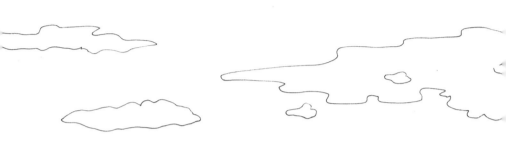

바람이 부는 이유는
그녀를 머리카락으로 간지럽히기 위해서이며,
과일이 철마다 익어가는 이유는
그녀에게 철마다 다른 맛을 선물하기 위해서라고
여기기 시작했다.

세상의 중심은
그에게서 그녀로 옮겨 갔지만,
그는 더할 나위 없이 행복해졌다.

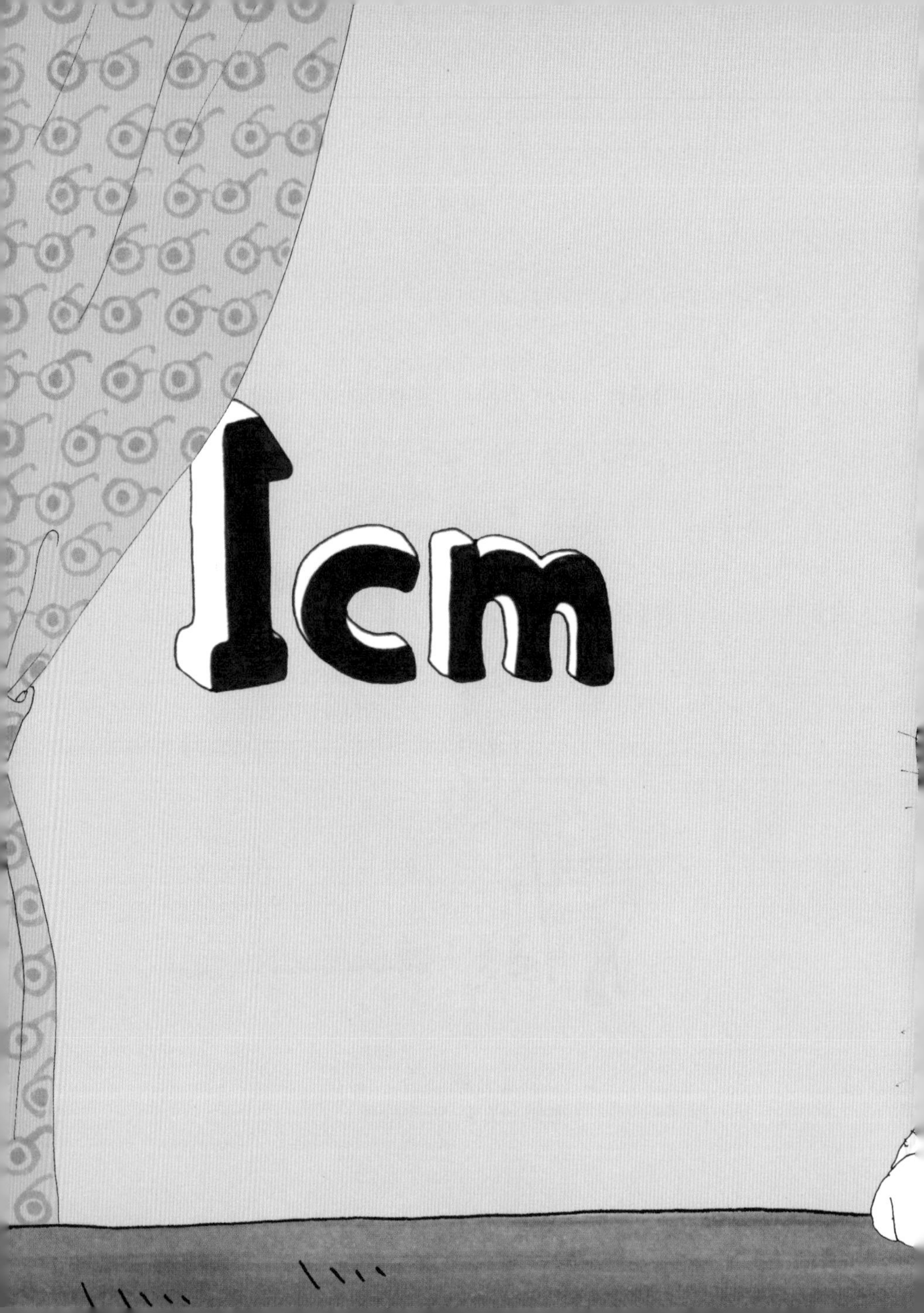
1cm

TO OPEN

사람을 1cm 더 깊이
들여다보기

금지된 장난

왜 깨끗한 유리창일수록
손자국을 내고 싶은 걸까?

왜 칫솔질은 가르쳐준 대로
하고 싶지 않은 걸까?

왜 '19금' 영화는
그토록 궁금한 걸까?

왜 판매하지 않는 디스플레이용 구두는
꼭 손에 넣고 싶은 걸까?

왜 남의 집 감나무가
더 달아 보이는 걸까?

왜 이루어질 수 없는 사랑은
더 애절한 걸까?

이미 가진 열 개보다
가질 수 없는 하나가
더 눈에 들어오는 이유는 무엇일까?

금지된 것은 탐나고
금지된 선은 넘고 싶고
금지된 행동은 매력적이다.

아담과 이브가 선악과를 따 먹었듯
금지된 것을 향한 욕망은,
의무에 대한 이유 없는 반발 심리는,

설명할 수 없는,
설명이 필요 없는,
어쩌면 가장 기본적인
인간의 본성이다.

그러니 이제,
가시 돋친 장미나무가 꺾고 싶더라도
새삼 스스로에게 놀라지 않아도 된다.

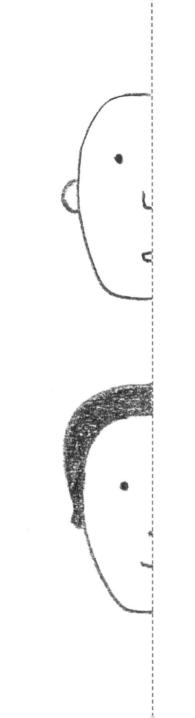

왼쪽과 오른쪽이
완벽하게 대칭인 사람은 없다.

다른 말로,

완벽한 사람은 없다.

축하합니다, 당신은 정상입니다

어제 웃겼던 코미디가 오늘 웃기지 않는 것,
지난번 입었던 그 옷이 새삼 촌스럽게 느껴지는 것,
그런 음악을 좋아했다니 믿어지지 않는 것,
멀쩡하던 내 헤어스타일을 갑자기 참을 수 없는 것,
죽고 못 살던 그 사람, 사진을 봐도 아무렇지 않은 것,
지나쳤던 재즈댄스 전단에 눈길이 가기 시작하는 것,
글을 썼다가 이제 그림을 그리고 싶은 것.

위와 같은 증상이 나타나도
놀라지 마십시오.

개는 때가 되면 털갈이를 하고
인간은 때가 되면 변합니다.

얼굴도,
생각도,
입맛도,
성향도.

파마해볼까…

A라는 남자에 관하여

A의 손톱은 늘 깔끔하다.
A는 한 번도 공과금을 미룬 적이 없다.
A는 친구의 여자는 넘보지 않는다.
A는 약속 시간 5분 전에 도착해있기를 좋아한다.
A는 고양이의 밥을 하루 두 번 잊지 않고 챙겨준다.
A는 성실하고 책임감 있다.

A의 손톱은 늘 깔끔하다.
A는 한 번도 공과금을 미룬 적이 없다.
A는 친구의 여자는 넘보지 않는다.
A는 약속 시간 5분 전에 도착해있기를 좋아한다.
A는 고양이의 밥을 하루 두 번 잊지 않고 챙겨준다.
A는 융통성 없고 답답하다.

세상은 해석하기 나름이다.
주관을 갖지 않으면
남이 내린 결론으로 세상을 보게 된다.

영영,
무지개는 일곱 색깔뿐이라고
개미는 머리 · 가슴 · 배로만 나뉜다고
믿고 살기엔
인생은 너무도 다채롭고 스펙터클하다.

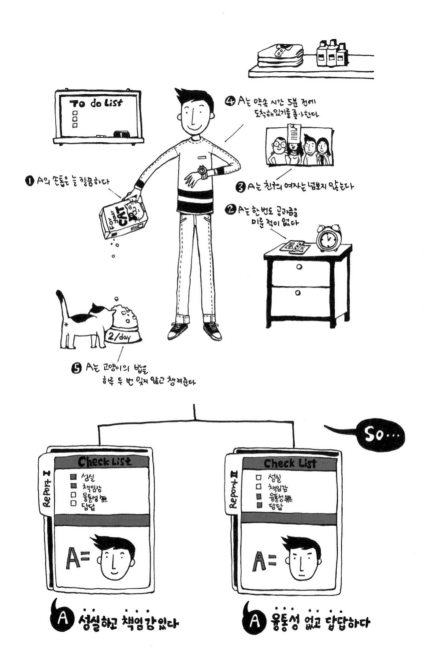

개구리는 올챙이였던 적이 없다

김 사장이 김 대리 시절을
떠올리는 것은

톱스타가 '엑스트라 10번' 이던 시절을
떠올리는 것만큼이나 어렵다.

장점을 보지 못하는 단점

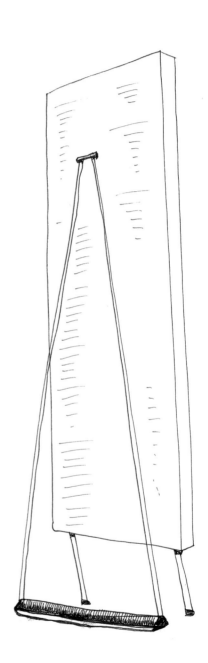

영웅의 위대함을 보지 못하는 자가 있다면
그는 아마 영웅 가까이 있는 자일 것이다.

많은 사람들이 의외로,
가까이 있는 사람의 장점을 보지 못하는
단점을 가지고 있다.

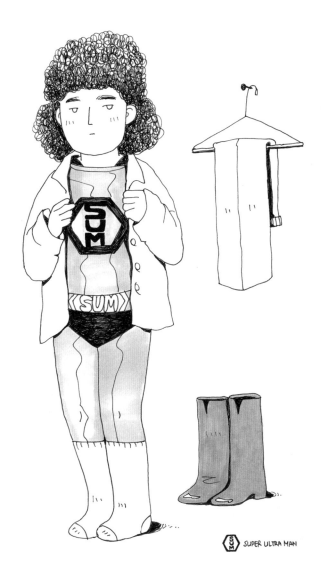

SUPER ULTRA MAN

놀부를 이해하다

어쩌다 그는
혈액형을 맹신하게 되었을까?

어쩌다 그녀는
커피에 약간의 소금을 넣어 마시는 취향을 갖게 되었을까?

어쩌다 그는
담뱃갑에마저 자기 이름을 써놓는 버릇을 갖게 되었을까?

어쩌다 그녀는
줄무늬 스타킹에 줄무늬 치마, 줄무늬 스커트가
환상적인 매치라고 생각하게 되었을까?

이해할 수 없는 어떤 버릇, 어떤 취향, 어떤 성격은
그의, 그녀의
스토리를 듣는 순간
이해할 수 있게 된다.

놀부 이야기에
그가 놀부가 될 수밖에 없었던
안타까운 스토리가 덧붙여졌다면
그는 사람들로부터 이해받았을지 모른다.

이해될 수 없는 사람은 아무도 없다.
단지 설명할 수 있는 기회가 없었을 뿐이다.

머리와 가슴

개미는
머리·가슴·배로 이루어져 있고

사람은
머리와 가슴으로 이루어져 있다.

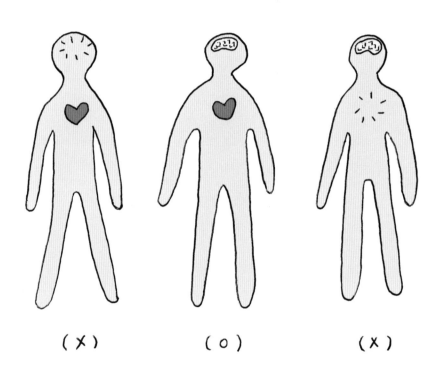

(X)　　　　　(O)　　　　　(X)

*간혹 머리나 가슴을 상실한 사람도 있으므로 당황하지 말고 유연하게 대처해야 한다.

안전한 대답

때로 원하지 않는 누군가에게
상처 입은 마음을 들키는 것이
또 하나의 상처가 된다.

그래서 사람들은 자기도 모르게
안전한 대답을 한다.

무표정한 얼굴과 건조한 목소리만 준비된다면
마음을 들키지 않아도 되는,
단답형의 안전한 대답.

"네."
"아니요."
"괜찮아요."
"모르겠어요."
"글쎄요."
"잠을 못 잤나 봐요."

반대로,
누군가가 당신의 질문에 대해
안전한 대답만을 고수한다면

그때는 추측도 그만,
질문도 그만두는 것이
예의이다.

안전한 대답 속에
안전하게 숨어 쉴 수 있도록.

백만 가지 이유

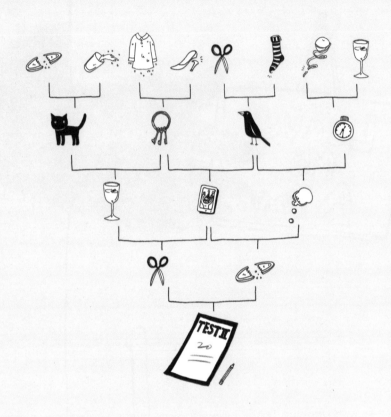

난 그냥
지나가는
거였다고.

아침을 굶었거나 든든히 먹었거나,
전날 밤을 샜거나 꿈도 없는 단잠을 잤거나,
검은 고양이가 지나갔거나 고양이는 보지도 못했거나,
낯선 여자와 눈이 마주쳤거나 혹은 그녀가 윙크를 했거나,
가을이 빨리 왔다고 느꼈거나 예년 날씨보다 더웠거나,
페루에서 '오랫동안 머리 감지 않기' 기네스 신기록이 나왔거나,
남쪽 해안의 해수면이 높았거나,
분홍돌고래가 발견됐거나,
유명한 영화배우가 하필 그날 가수 데뷔 앨범을 발매했거나.

비겁한 자에게
이 모든 사실은
그날의 실패에 대한
완벽한 핑곗거리가 될 수 있다.

같은 옷, 다른 느낌

차이를 만드는 것은
옷이 아니라
그 옷을 입는 사람이다.

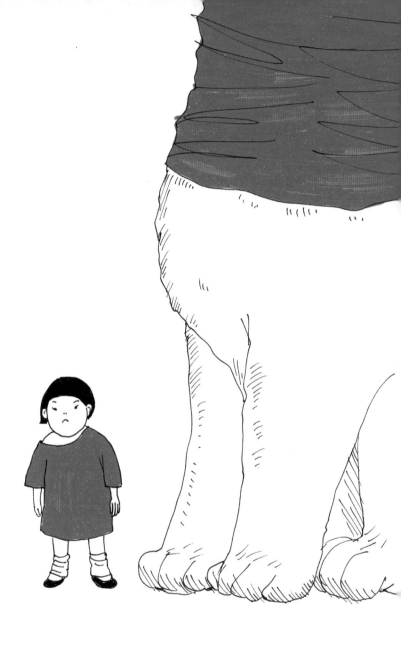

청출어람

훌륭한 스승은
제자에게
가야 하는 길을 보여주고

훌륭한 제자는
스승에게
가지 못한 길을 보여준다.

미안하다는 말을 대신할 수 있는 것

"길이 막혔다"는 말이 "미안하다"는 말을 대신할 수는 없다.
"깜박 잊어버렸다"는 말이 "미안하다"는 말을 대신할 수는 없다.
"회의가 늦어졌다"는 말이,
"늦잠을 자버렸다"는 말이,
"복잡한 사정이 있었다"는 다른 모든 말들이,
"미안하다"는 말을 대신할 수는 없다.

"미안하다"는 말은,
반드시 대답되어야 하는 말 중 하나다.

그러므로

"미안하다"는 말을 기다리게 하는 것보다

미안한 일은 없다.

입맛

지금 내 입맛은,

이탈리안 요리 주방장의, 소금을 너무 많이 넣어 실패한 크림소스 스파게티와
홍대 앞, 왜 이름에 조폭이 들어가는지 도무지 알 수 없는 매콤 달콤한 '조폭 떡볶이'와
어쩌다 맛본 허름한 식당의 환상적인 백반과
싫어했던 가지의 새로운 모습을 발견하게 해준 가지튀김 덮밥과
비 오는 일요일, 비교할 데 없는 엄마표 김치 파전과
그 외에도
28년 동안 거의 하루 세 끼 꼬박꼬박 챙겨 먹은 가운데 맛보고 겪은
무수한 음식에 대한 성공과 실패의 경험들로 이루어졌다.

가끔, 어떤 상황이 되면
신기하게도 나는 잊었다고 생각했던 그 맛이 떠오른다.

느끼한 게 먹고 싶을 때 짜지 않은 크림소스 스파게티가 당기고
스트레스 받을 때는 매콤한 조폭 떡볶이가 당기고
일요일 아침 빈속엔 그 식당의 백반이
추적추적 비 오는 날엔 엄마의 김치 파전이 당긴다.

입맛은 그 사람의 역사다.
그리고 역사는
끊임없이 업데이트된다.

To 산타클로스

무심함을 용서해주십시오.
섣불리 화냈던 것을 용서해주십시오.
겨우 피어난 꽃을 꺾었던 것과,
무심코 개미들을 밟아 죽인 것을 용서해주십시오.
속으로 코웃음 쳤던 것과
마음과 다르게 말했던 것,
악성 댓글을 달았던 것을 용서해주십시오.
살짝 새치기하고 모른 척한 것,
음식이 늦게 나온다고 불평한 것,
그리고
더 크게 잘못한 것들을 지금도 기억하지 못하는 것을
용서해주십시오.

그러니
나이보다 동안인 산타클로스 할아버지,
오실 때 제 크리스마스 선물은 잊지 않으셨으면 합니다.

반성하는 것도 착한 일이라면
적어도 한 가지 착한 일은 하지 않았나요?

접어보세요

From 산타클로스

Merry
Christmas

평온한 얼굴에서 화난 얼굴을 절대 짐작하지 못하리라.
얌전한 얼굴에서 과감한 행동을 절대 짐작하지 못하리라.
무서운 얼굴에서 온화한 미소를 절대 짐작하지 못하리라.

평온한 얼굴이 평온한 사람인 줄 알며,
얌전한 얼굴이 얌전한 사람인 줄 알며,
무서운 얼굴이 무서운 사람인 줄 안다.

사람은 생각 외로 단순하다.
그래서 우리는 놓치는 것이 많다.

무서운 얼굴에서 배어 나오는 온화한 미소란 어떤 건지,
신경질적인 얼굴과 상관없는 다정한 행동이란 어떤 건지,
이기적인 얼굴이 남을 위해 흘리는 눈물이란 어떤 건지.

얼굴은 그 사람에 대해 많은 것을 이야기해주지만
그것이 전부는 아니다.

그리고
그 전부가 아닌 것이
때로 전부일 때가 있다.

타임머신

어른은
아이가 되고 싶고

아이는
어른이 되고 싶다.

칭찬

천재도
천재라 불리는 것을
좋아한다.

어른이 아이보다 세상에 대하여,

의사가 환자보다 상처에 대하여,

선배가 후배보다 책임에 대하여,

학자가 학생보다 학문에 대하여,

목자가 신도보다 믿음에 대하여,

더 잘 알고 있다 단정하지 말라.

내가 모르는 한 가지를
그가 알고 있고,
그 한 가지가
다른 모든 것보다 중요한 것일지 모른다.

진리는
양이 아니며,

진리는
더 위에 있거나
혹은 더 아래에 있지 않다.

큰 목소리

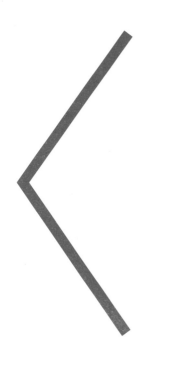

연설자의 큰 목소리보다
소녀의 작은 속삭임이
마음을 움직일 때가 있다.

좋아하는 노래 한 곡

내가 좋아하는 노래 한 곡에
내가 가장 좋아하는 멜로디와
내가 가장 싫어하는 멜로디가 섞여있다면,

어쨌든 그것도
내가 좋아하는 노래다.

인생도 내가 좋아하는 노래와 같다.
사람도 내가 좋아하는 노래와 같다.

좋은 날 중 싫은 날 있어도,
좋은 부분 중 싫은 부분 있어도,

내 좋아하는 인생이다.
내 좋아하는 사람이다.

좋은 것은
싫은 것보다 강하다.

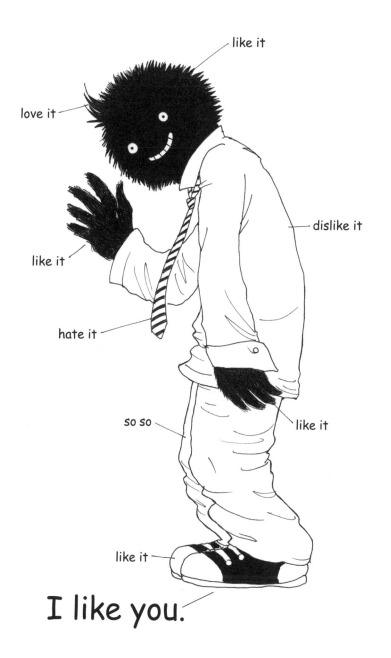

like it

love it

dislike it

like it

hate it

so so

like it

like it

I like you.

골목대장

그 파티에 가자고 나를 조금만 더 설득해줬으면 한다.
바다는 깊지 않다고 나를 조금만 더 설득해줬으면 한다.

그 책은 읽기 어렵지 않다고,
먼저 하는 고백도 성공할 확률이 높다고,
그 옷은 너무 과감하지 않다고,
영화를 만들어보는 것은 흥미 있는 일이라고,
케이크는 살이 찌지만 한 조각쯤 괜찮다고
피곤하더라도 밤을 새는 것은 즐겁다고,
조금 비싼 그 가방, 장기적으로는 현명한 쇼핑이라고,
아무도 건너지 못하는 그 다리, 절대 무너지지 않을 것이라고.

처음 하는 경험,
선뜻 하기 어려운 일들,
달콤하지만 두려운 결정들.
한편으로는 설득해주기를 바라고 있다.
할까 말까 망설이는 순간,
결정을 내리지 못하는 순간,
어느 누가 나타나
결정을 내리라고,
행동으로 옮기라고,
가장 즐거운 경험이 될 것이라고,
설득해주기를 기다린다.

모두의 안에는 양면성이 있다.
새로운 경험에 대한 기대감과 두려움.
그것은 어린애 같은 면이라,
그들을 이끌 수 있는 골목대장이 필요하다.

그러니
약간의 모험을 감수하더라도
인생이 조금 더 즐거워질 가능성이 보인다면,

자, 지금 어서,
아닌 척 설득을 기다리는 당신의 친구를 설득해보자.
골목대장이 되어보자.
당신의 설득이 결정적인 핑곗거리가 될 수 있도록.

혹은
당신 스스로를 설득해봐도 좋다.

1cm

TO KNOW HER

여자는 1cm 더 높은
하이힐을 꿈꾼다

(　) 밖의 남자

"몸이 좀 아플 뿐이야(아까 네 말이 상처가 됐어)."

"오늘은 친구를 만날 거야(친구보다 널 만나고 싶은데)."

"가까운 거리인데 그냥 걸어갈게(멀어도 당연히 바래다줘야지)."

"미안! 깜빡했네(그러니까 너도 나한테 관심 좀 가져줘)."

"네가 먹고 싶은 거 먹어(내가 먹고 싶은 건 파스타야)."

여자는 남자가 (　) 안의 말까지 알아차릴 거라고 굳게 믿는다.
남자는 (　) 밖의 말이 여자의 진심이라고 굳게 믿는다.

여자는 서운해하고 남자는 억울해하는 이유,
남녀가 수백 년 동안 다투어온 이유는
바로 (　) 때문이다.

여자는 (　　) 안에 존재하고
남자는 (　　) 밖에 존재한다.

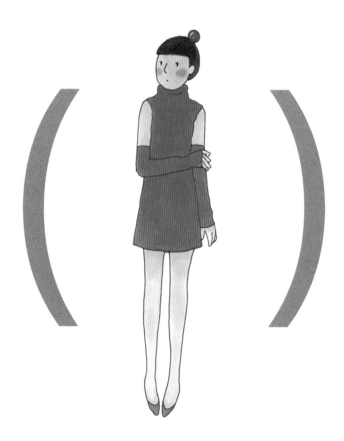

패션이 발달하기 시작한 것은,

"여자는 남자에게 잘 보이기 위해 자신을 꾸민다"
라는 원시적 명제를 버리고 나서부터다.

여자

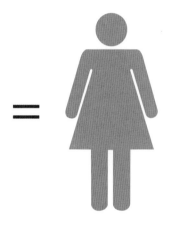

= 여자를
사랑하는 것이

여자를
이해하는 것보다
쉽다.

이브의 능력

신은
박쥐에게 10만 헤르츠의 소리를 듣는 예민한 귀를 주시다.
개에게 1억 2천5백만 후각세포의 민감한 코를 주시다.
고슴도치에게 닿기도 전에 감지할 수 있는 발달된 촉각을 주시다.
치타에게 시속 70마일의 단거리 주행 능력을 주시다.
가젤에게 태어나자마자 달릴 수 있는 생존력을 주시다.
상어에게 수심 1킬로미터의 심해에서도 숨 쉴 수 있는 호흡기를 주시다.
나비에게,
목도리도마뱀에게,
개미핥기에게,
...
..
.

모두 다 나눠주시고,
이브에게 줄 것이 없자
본인의 능력을 조금 떼어주시다.

그것은
직감이다.

몬스터에게
삼겹살 17인분의
소화력을 주시다

이브의 사과

태초에 이브는
아담에게 선악과를 권했다.

남자에게 주는 것은
그것으로 충분하다.

여자의 쇼핑 1

여자는

의 장점과   의 장점,   의 장점과   의 장점,

의 장점과   의 장점,   의 장점과   의 장점,

의 장점과   의 장점,   의 장점과   의 장점을

합친
환상의 구두를 찾아 헤맨다.

박카스 마시고 칼퇴근

더 놀라운 것은

그 구두를 찾아낸다는 것이다.

여자의 쇼핑 2

"앞코가 마음에 안 들어."
"앞코는 마음에 드는데 리본이 싫어."
"리본은 예쁜데 굽이 너무 높아."
"굽은 적당한데 앞코가 마음에 안 들어."

여자는
함부로 만족하지 않는다.

어리석은 늑대는 동화 속에만 있지 않다

그녀로 하여금
지나가는 여자를 질투하게 하지 말라.
홈쇼핑 란제리 모델이나
이름만 아는 직장 동료, 혹은 친한 학교 후배가
그녀의 질투 대상이 되게 하지 말라.

질투의 효과는 순간적인 사랑이며
질투의 부작용 또한 순간적인 사랑이다.

어리석은 남자는
여자를 한순간 질투하게 만들고

나를 질투하지
않을 수 없지!

현명한 남자는
여자를 영원히 사랑하게 만든다.

여자의 쇼핑 3

"구두가 없어."
구두를 산다.

"구두에 어울리는 스타킹이 없어."
스타킹을 산다.

"스타킹이 돋보일 스커트가 없어."
스커트를 산다.

"스커트와 같이 입을 재킷이 없어."
재킷을 산다.

"재킷에 어울릴 스카프가 없어."
스카프를 산다.

"스카프 색과 구두 색이 맞지 않아."
구두를 산다.

그리고
뫼비우스의 띠처럼 무한 반복.

"쇼핑은 쇼핑을 낳았고
쇼핑은 쇼핑을 낳았고
쇼핑은 또 다른 쇼핑을 낳았느니라."*

* "아르박샷은 셀라를 낳았고 셀라는 에벨을 낳았고 에벨은 벨렉을 낳았느니라." ─ 창세기 11장 중에서

담배와 말뿐인 말은 줄여야 합니다

하늘 위 저 별을 따준다는 그의 말은
땅 위 한 송이 꽃을 꺾어주는 행동보다
감동적이지 않다.

"말 한마디에 천 냥 빚도 갚는다"는
옛말은 틀렸다.

여자의 쇼핑 4

여자를 알려거든
그녀의 쇼핑을 보라.

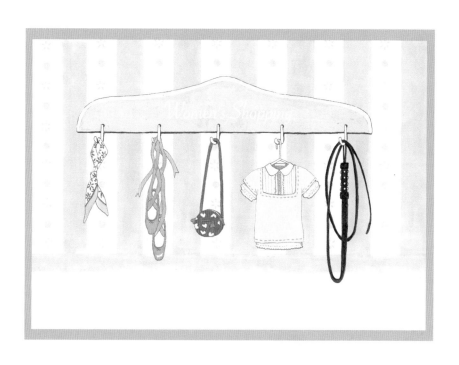

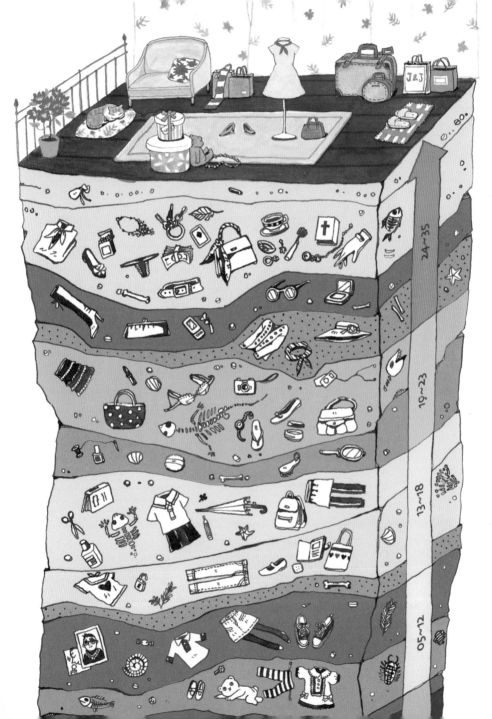

여자의 역사는
쇼핑의 역사다.

한번 중독되면
담배보다 끊기 힘든 것이
하이힐이다.

여자의 아름다움을 감상하는 방법

쌍꺼풀 수술,
30분간의 화장,
한 시간 가량의 코디,
피부 마사지,
20분간의 헤어 스타일링.

이 모든 것의 합은 "오늘따라 예뻐 보인다"이다.
여자들이 남자들로부터 원하는 모범 답안 같은 반응이다.
아름다움을 수고로움으로 얻어진 결과가 아니라
자연스럽게 우러나온 것으로 결론짓고 싶어 한다.
그것은 남녀 사이의 암묵적 합의다.

그러나
예리한 눈을 가졌다고 자부하는 몇몇 남자들은, 간혹
"오늘은 아이라인이 잘 그려졌네"라거나
"파우더가 잘 먹었구나"라는 눈치 없는 찬사로
여자들로부터
감사의 끄덕임이 아닌
경계의 눈초리를 받게 된다.

여자의 나이를 묻는 것과
여자의 아름다움을 분석하는 것은
실례다.

그러니 남자들이여,
여자의 아름다움을 감상할 때는
나무가 아니라 숲을 보아야 한다.

Before

After

여자에게 필요한 것

여자에게 필요한 것은

충분한 사랑,
그리고

자신을 사랑할 수 있는
충분한 시간이다.

여자는 쉽게 감동한다

명동에도 물론
못 가본 789개의 음식점이 있을 것이다.
못 가본 4개의 영화관과 89개의 카페,
못 걸어본 68개의 골목길이 있을 것이다.

그럼에도 여자들은, 언젠가 연인과 함께
뉴욕의 분위기 있는 노천카페에서 차를 마시고
런던의 소호(Soho)에서 뮤지컬을 보고
샹젤리제 거리를 걸어보고 싶어 한다.
그것은 여자의 낭만이다.

그러나
여자가 낭만보다 높이 사는 것은
낭만을 위한 노력이다.

남자가 여자를 위해
새로운 경험을 준비하는 수고를 보인다면,
홍콩의 야경 대신 학교 운동장의 밤하늘이나
티파니 보석 대신 니켈 도금의 반지나
비싼 레스토랑 대신 뒷골목의 맛있는 된장찌개나
런던의 뮤지컬 대신 대학로 소극장의 연극에도
쉽게 감동할 것이다.

여자의 낭만을 만족시키기는 어렵지만,
그녀를 감동시키는 것은
어렵지 않다.

1cm

TO RELAX

당신의 일상에
숨 쉴 틈 1cm

주말의 미덕

Monday.

← Tuesday.

Wednesday.

1-1.
사람들이 월·화·수·목·금요일을
이성적으로 보낼 수 있는 것은,
이상적인 토요일과 일요일을 기대하기 때문이다.

Thursday

Friday!!

1-2.
사람들이 월 · 화 · 수 · 목 · 금요일을
미치지 않고 보낼 수 있는 것은,
미쳐볼 수 있는 토요일과 일요일이 있기 때문이다.

경계하거나 혹은 가까이하거나

경계합시다.
입은 웃지만 눈은 웃지 않는 얼굴,
금요일 저녁 7시 회의,
마음 없이 "보고 싶다"고 말하는 습관,
취중 진담 혹은 취중 거짓말,
다른 사람의 불행에 관한 수다를.

가까이합시다.
정전 때의 촛불 같은 친구,
노래방을 위한 댄스곡 연습,
작심삼일을 3일에 한 번씩 하는 재치,
발과 심장을 따뜻하게 만들어주는 사람,
균형 잡힌 식단과 하루 1리터의 물,
가끔 하늘을 쳐다보는 습관,
길 잃은 고양이와 이야기하는 방법을.

그래도 아직
경계해야 할 것보다
가까이해야 할 것이 많다면,
그곳은 살 만한 세상이겠지요.

Perfect Calendar

SUN	FRI	SAT	SUN	FRI	SAT	SUN
			1 근로자의 날	2 아! 벌써 ♥ 100일 기념일 I Love you~	3	
4	5	6	7	8 창립 기념일!	9	10
11	12	13 MY Birthday!	14	15	16	17
18	19 AM 10:30 비행기	20 3박4일 Hong Kong~♥	21	22	23	24
25	26	27	28	29	30	31

당신은 지금, 펜로즈의 삼각형*과 같은 달력을
보고 계십니다.

* Penrose triangle. 영국의 수학자 로저 펜로즈가 1950년대에 고안한 도형으로, 2차원상의 그림으로는 표현이 가능하지만 실제로는 존재하지 않는다.

베짱이를 대표하여

게으름뱅이에게서 게으름을 빼앗는 것은
그들의 정체성을 빼앗는 것과 같다고
나 게으름뱅이는 말하고 싶다.

부지런한 개미들과 그들의 자손, 또한 그들 집안을
롤모델로 정해놓고 있는 선생님과 부모님들,
그리고 동화책 출판사 여러분,

몇백 년 동안 나무 그늘 아래서 대대손손 노래 부르며
동화 작가와 무수한 사람들의 비난에도 아랑곳하지 않고,
게으름을 담보로 한 그 어떤 명예도 돈도 마다하는
이 지조 있는 베짱이를,
그 운명대로 살아가도록
놓아주길 바란다.

봄꽃이 필 때는 봄을 즐기도록,
초록이 오를 때는 여름을 즐기도록,
시 읊기에 가장 좋은 선선한 바람이 불면
가을을 즐기도록,
그리고 눈이 내리면 하얀 눈밭에서
소리 없이 자신의 존재를 거둘 수 있는 자유를
허용하기 바란다.

사색할 시간 없이, 계절을 즐길 시간 없이,
봄도 여름도 가을도 없이
문득 추운 겨울이 닥쳤다는 걸 깨닫게 된다면
베짱이에게 너무 가혹한 일 아닌가.
거역할 수 없는 추운 겨울,
부르던 노래와 읊던 시들, 심지어 가냘픈 몸뚱이까지 내놓고
'장렬히' 전사할 수 있는 것은
봄, 여름, 가을 내내 미련 없이 즐겼던 낭만 때문이리라.

그러니 제발
그들이 게으름을 떨치고 전사했다는 비보를
후세에 널리 알릴 수 있도록,
그리하여 베짱이의 자손들이 더욱 본받을 수 있도록,
그들 본연의 낭만적 게으름을
일생 동안 충실하게 즐길 수 있도록,
개미의 운명에 처한 베짱이들을
지금 당장 풀어주기 바란다.

나, 이 소심한 베짱이는
신의 장난으로 역시 개미와 같은 운명의 굴레를 타고나
차마 그 굴레를 벗어나지 못하고 노래 부르지 못하고 있는
베짱이들을 대표하여,
게으름을 누릴 수 있는 자유를 허용하도록
개미 정부에 주장하는 바이다.

개미는 개미답게.
베짱이는 베짱이답게.

세 잎 클로버

가장 큰 행복은

작은 행복들의 연속이다.

인생에 관한 몇 가지 의문들

의문 1.
왜 저녁 7시에 사랑하는 사람의 얼굴을 보는 것이
어려운 일이 되었을까?

의문 2.
왜 하루 세 끼를 챙겨 먹고
저녁 7시에 퇴근을 하며
일주일에 세 번 조깅을 하고
주말마다 친구들을 만나는 것이
어려운 일이 되었을까?

의문 3.
왜 하늘을 올려다보고
바람에서 계절의 변화를 느끼고
지나가는 사람의 얼굴에서 미소를 읽고
옆집 소녀의 별명을 기억하고
취미로 들꽃 이름을 외우는 것이
어려운 일이 되었을까?

의문 4.
왜 이런 의문을 가지는 사람들이
자꾸만 줄어드는 것일까?

11월
캄파눌라

10월
리시안셔스

6월
장미

3월
튤립

2월
앵초

9월
다알리아

4월
아네모네

8월
해바라기

5월
카네이션

일탈

"에스컬레이터에서 뛰거나 장난치지 마십시오."

"유통기한 확인하여 식품 선택 올바르게."

"Listen and repeat."

"하루 세 번, 3분 동안, 식후 3분 내에."

에스컬레이터에서 뛰거나 장난친다면,
유통기한을 보지 않고 식품을 고른다면,
듣기만 하고 따라 하지는 않는다면,
하루 한 번, 1분 동안, 식후 3분이 지난 후 이를 닦는다면?

누구나 가끔은
시키는 대로 하고 싶지 않을 때가 있다.

다행인 것은,
아무리 화가 나도 막상 깨지지 않는 것만 골라 던지는 심리처럼
일탈이란 것도 일상 안에 머물러있다는 것이다.

4차선 도로에서 파란불 대신 빨간불에 건넌다든가,
험상궂은 사람의 어깨를 툭 친다든가,
목욕탕에서 문신한 남자를 째려본다든가,
5층 빌딩에서 중력의 법칙을 몸소 시험해본다든가 하는 일은
웬만한 이유 없이는 일어나지 않는다.

그러니 때로는
몸과 마음이 가는 대로 놔두어도 좋다.
작은 일탈은 일상에 활력소가 되기도 하니까.

금요일 밤 걸려 온 상사의 전화를
두 번이나 받지 않았을 경우

금요일 밤 걸려 온 상사의 전화를 두 번이나 받지 않았을 경우,
다음 중 일어날 수 없는 일은?

1. 잘린다.
2. '불금'을 보낸다.
3. 누군가가 살거나 죽는다.
4. 힘든 월요일이 예상된다.

정답은 3번.
금요일 밤 상사의 전화를 받지 않았다고 해서
누군가의 생명에 지장을 줄 일은 없습니다.
(단, 당신이 의사인 경우는 제외합니다.)

만약 당신이, 심장이 약하고 소심한 편이라면
밤잠을 설친 후 출근한 아침, 상사가 내지른 150데시벨 이상의 목소리에
맑은 날 번갯불에 맞아 죽을 확률로 심장마비 정도는 일으킬 수 있습니다만,
인생의 역사가 바뀔 수도 있는 금요일 밤을 사수하기 위해서라면
심장마비 정도는 감수할 가치가 있지 않을까요?
심장마비를 감수할 정도라면
자동적으로 1번과 4번 또한 아무것도 아니겠군요.

안타깝게도,
많은 이들의 청정한 금요일 밤이 지금도
상사의 전화로 오염되고 있습니다.

금요일 밤에는 전화기를 꺼두는 것을 생활화합시다.
금요일 밤에 전화를 거는 상사의 손가락은
잠시 동안 냉동 보관 합시다.
(뭐, 해동이 안 될 수도 있다고요? 저런, 그럼 어쩔 수 없죠.)

❶　　　　　　❷　　　　　　❸　　　　　　❹　　　　　　❺

108+1쪽으로　　174+1쪽으로　　198+1쪽으로　　212+1쪽으로　　254+1쪽으로

칼퇴근의 진화

"**수단과 방법을 가리지 말라.**"

선배는 말했다.

"말보다 실천이 중요하다."

후배에게 전했다.

샐러리맨 매뉴얼

A Salaried Man Manual

Monday Morning

월요일 아침 출근하는 방법*

알람 소리를 들으시오.

일어나서 세수를 하시오.

로션을 바르고 옷을 입으시오.

현관 쪽으로 가시오.

현관문을 열 때는 오른손을 쓰시오.

오른손을 오른쪽으로 돌리시오.

문이 열리면 나가시오.

나가서 엘리베이터를 타시오.

'1F' 버튼을 누르시오.

버스나 지하철을 타시오.

목적지에 도착하시오.

일을 시작하시오.

A Salaried Man Manual

Friday Evening

금요일 저녁 퇴근하는 방법

퇴근하시오.

*하기 싫은 일은 언제나 복잡해 보이는 법이다.

식빵 사이 잼

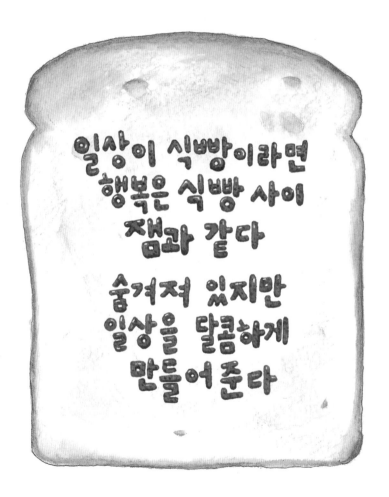

일상이 식빵이라면
행복은 식빵 사이
잼과 같다

숨겨져 있지만
일상을 달콤하게
만들어준다

자물쇠는 하나지만 열쇠는 여러 개

인생에 있어
자물쇠는 하나지만 열쇠는 여러 개.

예를 들어,
'우울한 기분'이라는 자물쇠를 풀 수 있는 열쇠는

1리터의 물 혹은 1밀리리터의 눈물,
파리스 매치(Paris Match)의 〈Saturday〉처럼 기분 좋은 곡,
5분 동안의 전화 수다 혹은 10분간의 낮잠,
산책 나온 강아지 구경하기,
꼬리에 꼬리를 무는 인터넷 쇼핑,
가벼운 운동화 신고 조깅하기,
오래된 편지 꺼내보기

. …
. .
.

그러니 지금
이별이든
괜한 우울이든
시험 낙방이든
풀기 힘들 것 같은 자물쇠를 쥐고 있다면,
잠깐 고개를 들어 주변을 살펴보자.

열쇠들은
의외로
아주 쉽게
얻을 수 있다.

당신의 하루에 맑은 하늘을 처방합니다

맑은 하늘과 우울증,
맑은 하늘과 부부 싸움,
맑은 하늘과 피해망상,
맑은 하늘과 알코올의존증,
맑은 하늘과 불면증,
맑은 하늘과 세 번째 이별,
맑은 하늘과 북핵 문제가
서로 어울리지 않는 단어이듯

당신의 삶에서
우울증을, 부부 싸움을,
피해망상을, 불면증을, 이별을,
그리고 골치 아픈 모든 문제들을 밀어내고 싶다면

하루 세 번
하늘을 보십시오.

하늘 아래 새로운 것 없고
모든 문제는 하늘 아래 문제일 뿐이라는 것을,
그것도 우주 — 지구 — 아시아 — 한국 — 서울 — 한남동 하늘 아래
문제일 뿐이라는 것을,
맑은 하늘처럼 곧 해결되리라는 것을
깨닫게 될 것입니다.

당신의 하루에
맑은 하늘을 처방합니다.

건강은 건강할 때 지키고
하늘은 맑을 때 올려다봅시다.*

*공사 중인 건물 아래를 지나칠 때만 하늘을 올려다본다면, 당신의 일상이 무언가 잘못되고 있음을 뜻합니다.

1cm

TO GROW

당신은 매일
1cm씩 자라고 있다

콤플렉스와 매력 포인트

콤플렉스—긴 얼굴

매력포인트―긴 얼굴

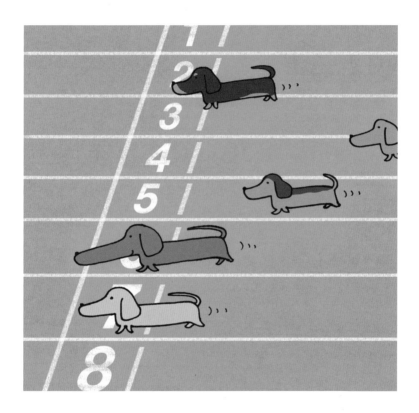

콤플렉스를 다르게 보면 매력 포인트가 된다.
루돌프의 '매우 반짝이는 코'처럼.

세상이 공평한 이유 1

돈이 없는 당신에게는
젊음이 있다.
젊음이 없는 당신에게는
사랑하는 아내가 있다.
사랑하는 아내가 없는 당신에게는
절친한 친구가 있다.
절친한 친구가 없는 당신에게는
뛰어난 가창력이 있다.
뛰어난 가창력이 없는 당신에게는
재치 있는 입담이 있다.
재치 있는 입담이 없는 당신에게는
덩달아 웃게 되는 미소가 있다.

세상에
아무것도 가지지 않은 사람은
아무도 없다.

세상이 공평한 이유 2

신은,

큰 키를 주신 대신 긴 허리를,
작은 키를 주신 대신 황금 비율을 선사하셨다.

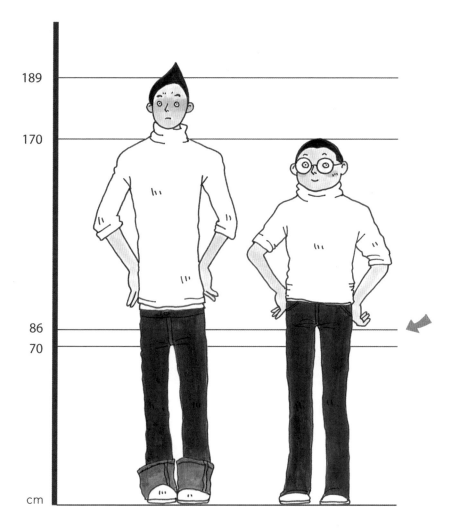

사랑과 얼룩 제거는 타이밍이다

케첩 자국,
립스틱 자국,
새똥 자국,
어디서 묻은 건지도 모르는
이름 없는 얼룩들.

세상의 모든 얼룩을 지울 수 있는 것은
그 어떤 비누도 표백제도 아닌
타이밍이다.

아무리 지우기 어려운 얼룩도
옷에 묻자마자 깨끗한 물에 씻으면
감쪽같이 사라지는 법.

그러니
혹시 방금 얼룩이 묻었다면
그것이
잊고 싶은 사람이든,
기분 나쁜 하루든,
나의 실수든, 남의 실수든,
제때제때 지워버리자.

남은 얼룩을 보며 그때의 기분을 곱씹는 것은
가장 어리석은 수고.
얼룩은 그 자리에서 지우고,
추억은 오래도록 남기자.

접어보세요

1%의 당신으로부터

무표정한 100명 중 웃고 있는 단 한 명이 있다면
그것이 당신이도록

모두가 침묵하고 단 한 명이 노래한다면
그것이 당신이도록

넘어져도 툭툭 털고 일어서는 단 한 명이 있다면
그것이 당신이도록

사랑을 말하지 않는 무리 중
사랑을 굳게 믿는 단 한 명이 있다면
그것이 당신이도록

처음으로 웃고
처음으로 노래하고
처음으로 일어서고
처음으로 사랑하는 것을 두려워하지 말라.

그래야
두 번째로 웃는 사람,
세 번째로 노래하는 사람,
네 번째로 일어서는 사람,
다섯 번째로 사랑하는 사람이 생겨날 테니.
당신을 닮은 더 많은 사람들이
세상을 아름답게 할 테니.

살 만한 세상을 만드는 데에
처음부터 많은 사람이 필요한 것은 아니다.

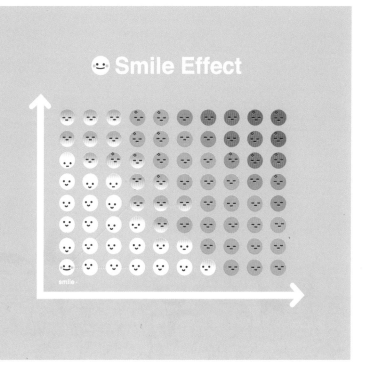

smile

구부러지는 두 팔만 있다면

구부러지는 두 팔만 있다면
남을 행복하게 만들 수 있다.

오늘 하루도 무사히

지금 여자 친구의 이름 대신
옛 여자 친구의 이름을 부를 확률,

험담을 쓴 문자메시지를
당사자에게 보낼 확률,

최근 살이 찐 직장 동료에게
임신 몇 개월이냐고 물어볼 확률,

자물쇠로 잠그는 일기장을
열쇠와 같이 잃어버릴 확률.

인생에는
치명적인 실수를 할 확률이
곳곳에 도사린다.

오늘 하루,
기쁜 일 없이도 감사해야 하는 이유는
분명히 있다.

"넌 최고야!"

"넌 최고야!"

이 말을 들은 당신의 마음을
음악적으로 표현하면
다음과 같을 것이다.

간절히 원하면 길이 생긴다.

간절히 누군가가 보고 싶은 이에게는
그 사람에게 가는 길이,
간절히 꿈을 이루고 싶은 이에겐
그 꿈을 도와줄 수 있는 길이,
간절히 여행을 가고 싶은 이에겐
티켓을 구할 수 있는 길이,
간절히 살고 싶은 이에겐
목숨을 구할 수 있는 길이.

그것은 삶의 마법이다.

간절히 원하기만 하면,
우리는 누구나
마법사가 된다.

무료 대여

여행자를 위한 가이드라인

1.
길을 모른다면, 길을 묻기 전에 떠나라.
더 많은 답을 얻게 될 것이다.

2.
낯선 요리를 만난다면, 두려워 말고 즐겨라.
맛있는 이야깃거리가 될 것이다.

3.
다른 여행자를 만나면, 마음을 열어라.
그 혹은 그녀가 여행의 새로운 국면을 열어줄지도 모른다.

4.
지칠 때에는 떠나오기 전을 떠올려라.
소파 위에 지쳐있는 것과는 비교할 수 없는 행복임을
알게 될 것이다.

5.
마지막으로,
여행을 끝내기 전에
다음 여행을 준비하라.

인생은 어차피 끊임없는 여정이므로.

예를 들어

"예를 들어 혜정이",
"예를 들어 재연이",
"예를 들어 상욱이",
"예를 들어 제임스",
"예를 들어 기석이".

누군가 당신을 예로 들 때
그것은 어떤 예일까?

인생을 조금 더 멋지게 살아야 할 이유는 많다.

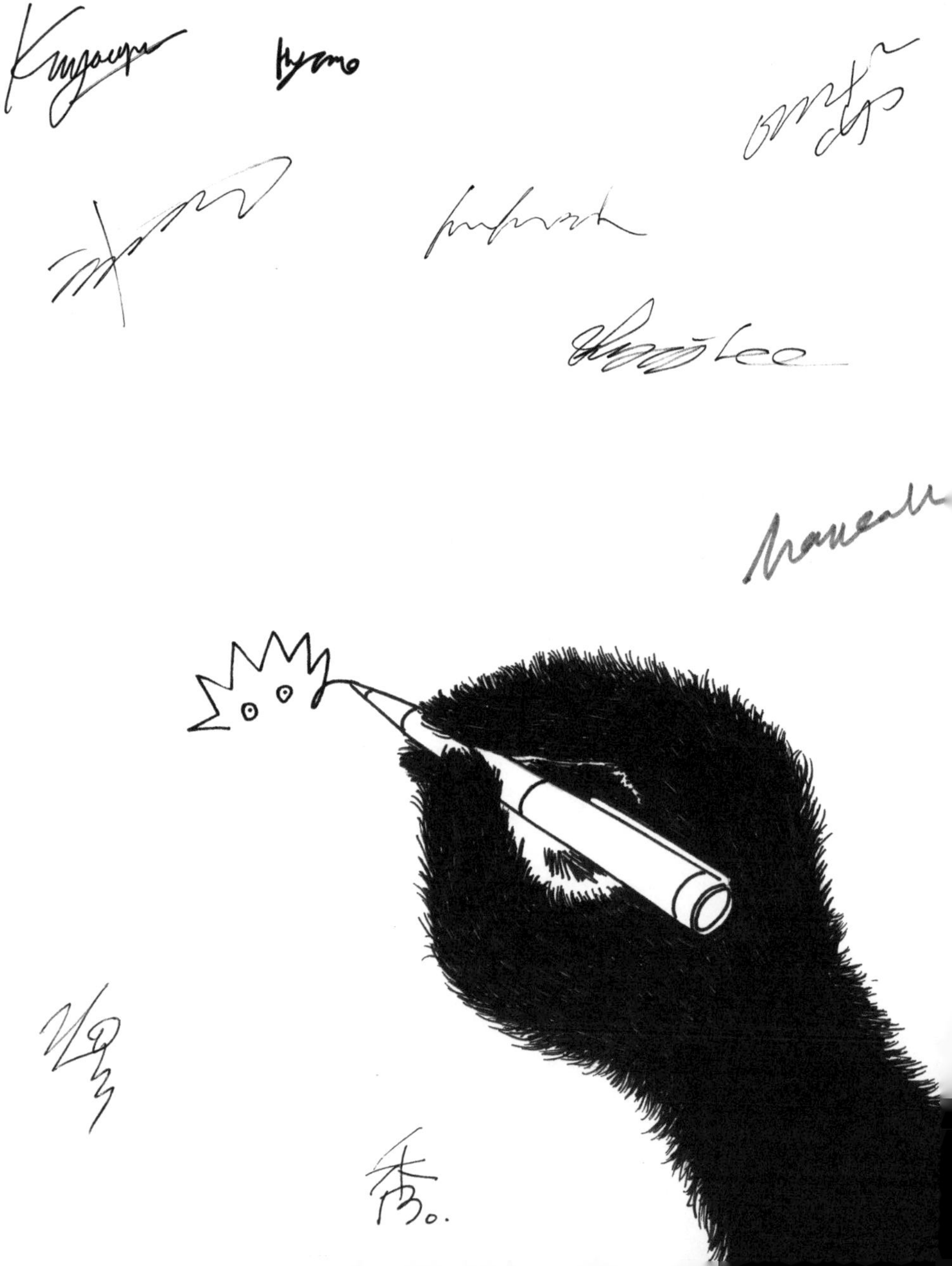

숲을 보기 위해서는
숲을 떠나와야 한다.

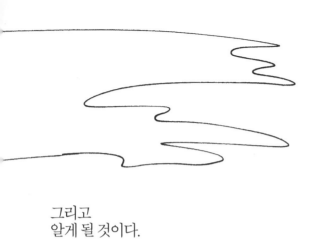

그리고
알게 될 것이다.

어딘가를 향해 떠나는 것보다
어딘가로부터 떠나오는 것이
때로 더 큰 용기를 요한다는 것을.

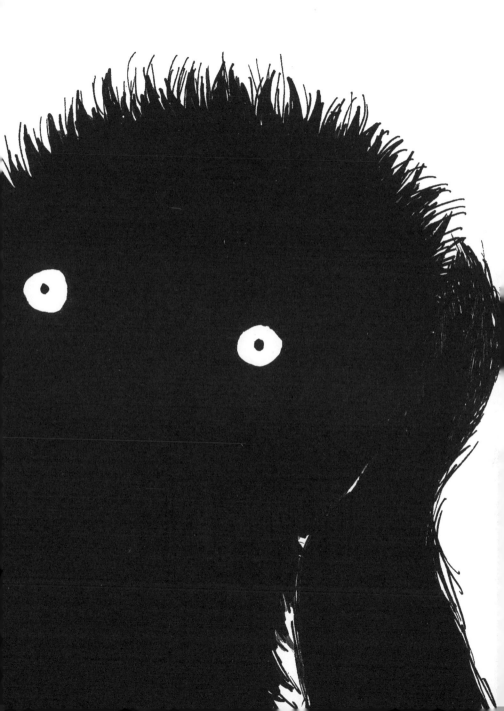

인생 수업

삶을 돌아보게 하는 것은 죽음이고,
웃음을 값지게 만드는 것은 눈물이고,
사랑을 성숙하게 만드는 것은 이별이다.

삶에선
어느 것 하나 버릴 것 없다.

모든 경험은
인생에 관한 수업이다.

후회

해도 후회하고
하지 않아도 후회할 일이 있다면

해보고
후회하는 편이
낫다.

해보고 나서 하는 후회는
하지 않아서 하는 후회보다
늘 짧은 편이니까.

보물찾기

어디에선가 내가 매일 듣고 싶어 할 음악이 연주되고 있을 것이다.
어디에선가 내 입맛에 딱 맞는 음식이 요리되고 있을 것이다.
어디엔가 내가 눈을 감지 못할 풍경이 펼쳐져 있을 것이다.
어디엔가 내 평생을 함께하고 싶은 사랑이 살고 있을 것이다.

그것들은 인생의 보물이다.
그리고
인생은 보물찾기다.
찾으려 해도 찾아지지 않는,
찾지 않아도 우연히 찾아지는.

보물들은 숨어있다가
어디에선가, 어느 때인가 나타난다.
그것이
매일매일 설레도 좋고
매일매일을 기대해도 좋은 이유다.

하루의 어디엔가, 한 달의 어디엔가, 한 해의 어디엔가,
보물은 숨어있다.
집 안의 어디엔가, 거리의 어디엔가, 여행지의 어디엔가,
보물은 숨어있다.
지나는 시간 시간, 내딛는 발걸음 발걸음,
그 안에 숨어있다가 나타난다.

오늘은 찾지 못해도 슬퍼하지 말 것.
내일은 찾게 될지 모른다.
여기서 찾지 못해도 실망하지 말 것.
멀리서 찾게 될지 모른다.

때로는
보물을 찾는 과정이 보물이다.
기대하고 설레는 것은
보물을 찾는 것만큼 즐겁다.

인생은 보물찾기다.
찾게 되면 즐거운.
찾지 못해도 여전히 즐거운.

그렇게 생각하는
누구에게나,
인생은 보물찾기다.

세상이 나로 인해 좋아진다

1년이 365일로 나눠져 있는 것은
365번의 기회를 주기 위해서다.
태양이 매일 떠오르는 것은
매일 새 힘을 북돋우기 위해서다.

무언가 할 수 있다는 생각이 든다면
그 생각을 믿어라.
그리고 365번의 기회와
매일 주어지는 새 힘을 활용하라.
생각을 믿고, 그 생각대로 움직인다면,
결국 자신뿐 아니라 세상을 움직일 수 있을 것이다.

세상을 위해 무언가 할 수 있다고 믿는 것.
나로 인해 세상이 나아짐을 보는 것은
인생에서 가장 값진 일이다.

자신의 재능, 자신의 성향, 자신의 상황.
이 모든 것에는 이유가 있다.
그 이유를 찾아내고
그 이유를 염두에 두며
그 이유대로 움직여라.

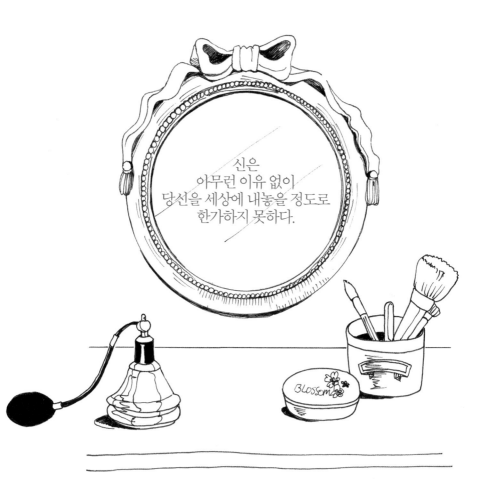

신은
아무런 이유 없이
당신을 세상에 내놓을 정도로
한가하지 못하다.

선택

집중해야 할 한 가지와
놓치지 말아야 할 여러 가지 사이에서,

강한 여자가 살아남는다는 생각과
부드러운 여자가 사랑받는다는 통념 사이에서,

세 살부터 여든까지 가게 될 우정과
심장까지 내어줄 수 있는 사랑 사이에서,

더 좋은 내일을 만들기 위한 수고와
오늘을 즐겨야 한다는 낙천주의 사이에서,

그 밖의 무수한 고민과 선택 사이에서,

하루에도 몇 번씩 우리는
합리주의자가 되었다가 완벽주의자가 되었다가,
잔다르크가 되었다가 신데렐라가 되었다가,
우정에 살고 죽다가 사랑에 죽고 못 살다가,
노력파가 되었다가 낙천주의자가 되었다가 한다.

그리고
순간순간 선택된
완벽주의와, 잔다르크와, 죽고 못 사는 사랑과, 낙천주의가
(혹은 그 반대가)
우리의 모습이 된다.

순간순간 내리는 선택은, 결국
자신을 선택하는 과정이다.

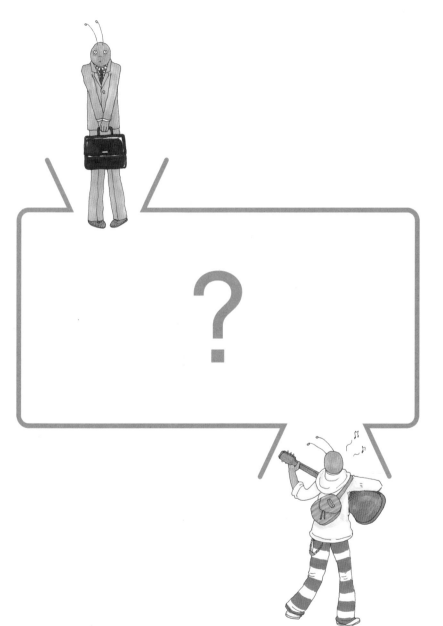

오늘도 좋은 하루

누군가의 인생은 오늘
정원에 꽃을 피웠다.

누군가의 인생은 오늘
넘어진 사람을 일으켰다.

누군가의 인생은 오늘
종이접기를 가르쳐주었으며,

누군가의 인생은 오늘
날아가는 풍선을 잡아주었다.

매일매일이 기회다.
누군가의 인생이
다른 누군가의 인생에
꽃이 되고,
지렛대가 되고,
좋은 소식이 될 수 있는.

살아가는 것은
그래서 아름답다.

아이로 사는 시간보다
어른으로 사는 시간이 더 길다는 것은

아이로 사는 시간보다
어른으로 사는 시간이 더 길다는 것은

아이였을 때 지닌 한없는 순수함을
잊지 말아야 함을 뜻한다.

아이였을 때 짓던 꾸밈없는 미소를
잊지 말아야 함을 뜻한다.

아이였을 때 받은 대가 없는 사랑을, 관심을,
그리고 그것을 받은 그대로 주었음을
잊지 말아야 함을 뜻한다.

그 잊지 말아야 하는 모든 것들은
행복이다.

어른으로 살다 보면,
어릴 적 그 쉬운 행복을
잊는다. 잃는다.

아이처럼 순수하고
아이처럼 웃고
아이처럼 사랑하고 사랑받으면,

다시 아이처럼
쉽게 행복해진다.

**어른인 나는 가끔
아이였던 나에게 배운다.**

유창한 언변, 11살 요리 실력

A는 언변이 유창하지만, 정리 정돈 실력은 7살이다.
B는 정리 정돈을 놀랍게 해내지만, 요리 솜씨는 11살이다.
C는 요리 솜씨가 뛰어나지만, 경제관념은 13살이다.

영원히 자라지 않는 부분이라는 것은
누구에게나 있다.
그것은 인생의 어느 시점에서 성장이 멈추어버린 부분이다.
중학생 때의 키가 지금의 키인 것처럼,
초등학생 때의 그림 실력이 지금의 그림 실력인 것처럼.

그러나
더 이상 자라지 않는 것도
이만큼 자라온 것처럼
성장의 한 부분이다.
부정하기보단, 자연스럽게
자신 안의 자라지 않는 부분 또한 받아들이자.

그것이 12살의 경제관념이 되었든,
9살의 요리 솜씨가 되었든,
7살의 그림 실력이 되었든.

아이러니하게도,
그렇게 함으로써 우리는
또 조금 자라게 된다.

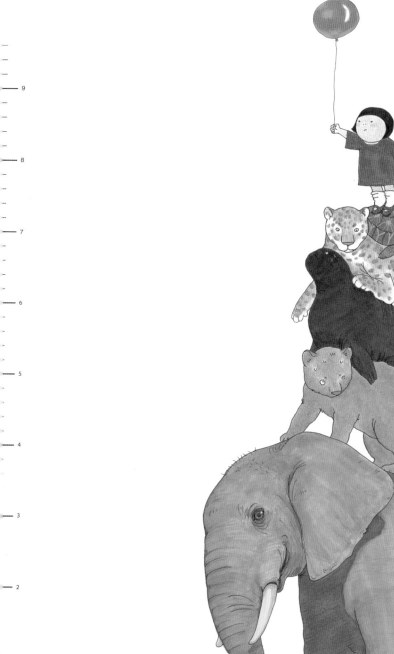

세월은 인자한 노인을 만들지 않는다

'인자한'이라는 형용사에는
'노인'이라는 명사가 잘 어울린다.
'지혜로운'이라는 형용사에
'노인'이라는 명사가 잘 어울리는 것처럼.

그러나 어쩌면
나이를 먹을수록 인자해지기란,
나이를 먹을수록 지혜로워지기란,
형용사와 명사의 어울림만큼
자연스럽게 이루어지는 것이 아닐지 모른다.

때로 우리는 방심하고 있다.
'빛바래듯 인자해지리라',
'빛바래듯 지혜로워지리라',
'세월 속에 그렇게 되리라' 하고.

아니다.
세월은 인자한 노인, 지혜로운 노인을 만들지 않는다.

세월 속에 그렇게 되기를 기대하기보다
그러한 세월을 만들어가려고 할 때,
비로소

생명처럼 또한 인자한 노인이 탄생한다는 것을,
지혜로운 노인이 탄생한다는 것을.

오래된 소나무처럼 은은하게 향기로운 사람은
결국 그렇게 만들어진다.

웃을 준비를 하고 있으면

웃을 준비를 하고 있으면

웃을 일이 더 빨리 온다.

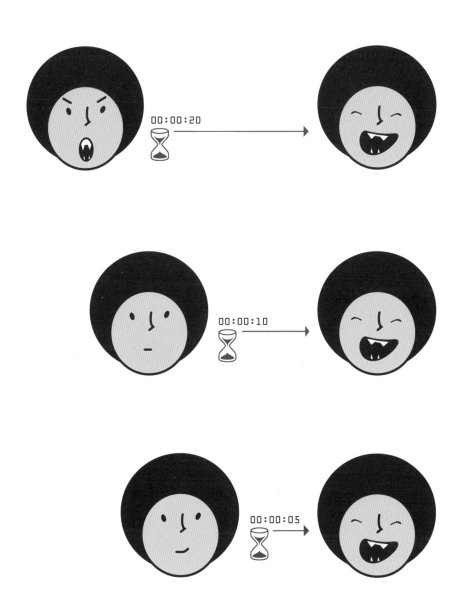

자신을 사랑합시다

자신을 사랑합시다. 상처 주지 맙시다.
스스로를 상처 입히면,
그 상처 나을 때까지 아픈 것도
상처를 낫게 하기 위해 쓴 약을 먹어야 하는 것도
자신이라는 것을 기억합시다.
넘어져도 결국 일어나야 하고
일어날 때 가장 필요한 것은 자신의 두 다리라는 것을,
그래서 더 아껴야 하는 자신이라는 것을 기억합시다.

자신을 사랑합시다.
다른 사람을 사랑하면서 자신을 사랑하는 법을 배웁시다.
달콤하지만 헛된 사랑에 넘어가지 말고
든든하고 따뜻한, 뿌리 같은 사랑을 합시다.
조미료같이 한순간 맛있는 사랑보다
집에서 지은 밥같이 은근하고 따뜻한 사랑을 합시다.
사랑받고 있나 불안하게 하는 사랑보다
사랑받고 있다고 느낄 수 있는 사랑을 합시다.
당신을 사랑하는 사람도 그렇게 느끼게 합시다.

자신을 사랑합시다.
가끔 게으름을 피웁시다. 요령도 피워봅시다.
게으름으로부터 부지런함의 미덕을 배워보고
요령을 피우면서 원칙의 중요성을 배웁시다.
하지만 자신의 페이스로 다시 돌아올 수 있을 만큼만 게을러집시다.
게으름에 익숙해져 뛰는 법을 잊어버릴 때,
요령에만 익숙해져 원칙을 잊어버릴 때,
그것은 뛰다가 지치는 것보다 스스로를, 때로 다른 이까지
더욱 지치게 한다는 것을 기억합시다.

반대로,
자신을 너무 채찍질하지 맙시다.

"인간의 가치는 그가 어떻게 쉬느냐에 달려있다"고
《탈무드》에서는 이야기합니다.
자신에게 충분히 쉴 수 있는 시간을 줍시다.
그리고 그 시간 동안 자신이 좋아하는 것을 발견합시다.
그것은 스스로에게 새로운 기쁨이 되고,
기쁨은 당신을 더욱 빛나게 할 것입니다.

자신을 사랑합시다.
방황하는 모습도 사랑합시다.
방황하는 모습은 당신이 삶에 대해 고민하고 있다는 증거입니다.
가끔은 밤새 술을 마셔도 좋습니다. 눈물을 흘려도 좋습니다.
단, 술과 눈물은 문제를 잠시 잊을 수 있게 하지만
문제를 해결하게 하지는 않는다는 것을 기억합시다.
다음 날, 햇볕이 내리쬐면
숨기지 말고 모든 문제를 햇볕 아래에 드러냅시다.
상처는 의사와 상담해야 하듯,
어두운 데서 나와 밝은 날 햇볕에게 문제를 상담합시다.
커다랗게 보이던 문제는 의외로 작고,
깊어 보이던 상처는 생각보다 얕다는 것을 알게 될 것입니다.
그리고 모든 문제와 상처를 눈물과 함께 햇볕에 증발시켜버립시다.

자신을 사랑합시다.
"자신을 사랑하자"고 다른 사람들에게 이야기합시다.
더 많은 사람들이 자신을 사랑할 수 있게 합시다.
자신을 사랑하는 방법을 알아야
남을 사랑하는 방법도 알게 되니까요.
이 모든 것은 결국,
서로를 사랑할 수 있게 하는 방법입니다.

자신을, 사랑합시다.

일 센티 첫 번째 이야기

등장인물 비하인드 스토리

몬스터
이름: 미상.
나이: 미상.
성별: 남자.
혈액형: '스몰 에이(a)형'으로 추정됨(142쪽 참고).
특기: 몸의 크기를 자유자재로 만들 수 있음.

슈퍼모델
오스트레일리아 출신 모델로 한국을 좋아함. 빅토리아 S크릿 전속 모델. 직업 정신이 투철해 평소에도 란제리 룩을 즐긴다. 한국의 '몸뻬 바지' 라인에 심취, 다양한 몸뻬 스타일을 보여준다.

야윈 남자
모순 덩어리인 20대 남자.
먹는 양에 비해 말랐으며, 생각이 많아 보이지만 전혀 생각이 없고, 여자에게 관심이 없지만 여자관계가 복잡하다(주로 여자에게 차이는 것으로 종결된다).

천재 소녀
냉소적인 부모님 밑에서 자라 떼쓰는 법이 없다.
취미는 로봇 만들기.
아인슈타인을 동경하는 만큼이나 고양이를 사랑한다.

성숙 소년
액면가는 대학원 졸업반. 실제 나이 12세.
정규 교육과정에 회의를 느끼지만, 소심한 성격으로 지난 4년 동안 개근상을 놓친 적이 없다.
최근, 위의 슈퍼모델에게 반해 삶의 새로운 국면에 접어들었다.

1cm
일 센티 첫 번째 이야기